神の守り人

神之守护者

下
归去篇

守护者系列

[日]上桥菜穗子 著 李青 译

浙江人民出版社

主要人物介绍

巴尔萨
故事的主人公，女保镖，使长枪的高手。

唐达
巴尔萨自小结识的朋友，草药师、初级咒术师。

阿思拉
十二岁的少女。

齐基萨
阿思拉的哥哥，十四岁。

托莉希亚
齐基萨和阿思拉的妈妈，因擅自闯入禁地，在辛塔旦牢城被处死。

西哈娜
斯发鲁的女儿，密探。

伊翰
约萨穆的弟弟，敬仰兄长约萨穆。

斯发鲁
罗塔人，咒术师、草药师，罗塔王的密探。

其他人物介绍

* 塔鲁人

伊亚努：侍奉神的"拉玛巫"。

* 罗塔王国的统治阶级

约萨穆：现任罗塔国王，深得民心。

* 卡夏鲁（"猎犬"）

卡发姆：西哈娜的同伴。

马库鲁和亚拉姆：斯发鲁的手下，密探。

* 约格商队

纳卡：受巴尔萨保护的商队的头领。

米娜：纳卡八岁的女儿。

托西：纳卡的弟弟。

玛罗娜：纳卡的妻子。

连恩：与纳卡同行的另一个商队的头领。

辛亚：连恩商队的护卫。

* 集市上的人们

塔吉鲁：消息灵通，以贩卖消息为生。

卡依娜：塔吉鲁的母亲，知道很多不为人知的秘密。

用语集

塔鲁哈玛亚 "众神之母"阿法鲁神之子，被称为"恐怖之神"。

诺幽古 神的世界。

哈萨·塔鲁哈玛亚 源自诺幽古的一条河流，肉眼看不见。它滋养着大地，也隐藏着带来塔鲁哈玛亚的危险，被称为"带来恐怖之神的河流"。

匹克芽 一种苔藓，生长在供奉塔鲁哈玛亚的神殿里，被称为"神圣的苔藓"。相传哈萨·塔鲁哈玛亚流过时，匹克芽会闪闪发光。

萨达-塔鲁哈玛亚 太古时代的罗塔尔巴尔的统治者，无人能敌，以恐怖手段治世，被称为"与神融为一体的人"。

塔鲁·库玛达 侍奉阿法鲁神的人，阻止塔鲁哈玛亚复活是他们的使命，被称为"影子祭司"。

拉玛巫 被称为"侍奉神的人"。这些人十四岁时成为拉玛巫，四十岁时成为塔鲁·库玛达。

察玛巫 能够召唤塔鲁哈玛亚，让他降临在自己身上，被称为"召唤神的人"。

卡　　　卢	披风。
修　　　玛	挡风的布。
拉　　　卤	羊奶、蔬菜和肉一起炖成的菜。
拉	奶酪或黄油。
巴　　　姆	面团没有经过发酵做成的面包。
香　　　姆	一种表面裹满了砂糖的点心。
皋　　　魇	罗塔的一种猛兽，皮毛可以卖钱。
夏　　　苣	新约格王国的特产，一种给动物用的草药。

麻　　　卡	一种药效很强的迷魂药。
萨　　　卡	把水果晒干，捣碎后加糖做成的食物。
拉　　　亚	黄油牛奶。
陀　卢　兹	在棋盘上进行的一种比赛。
拉　　　卡	奶茶。

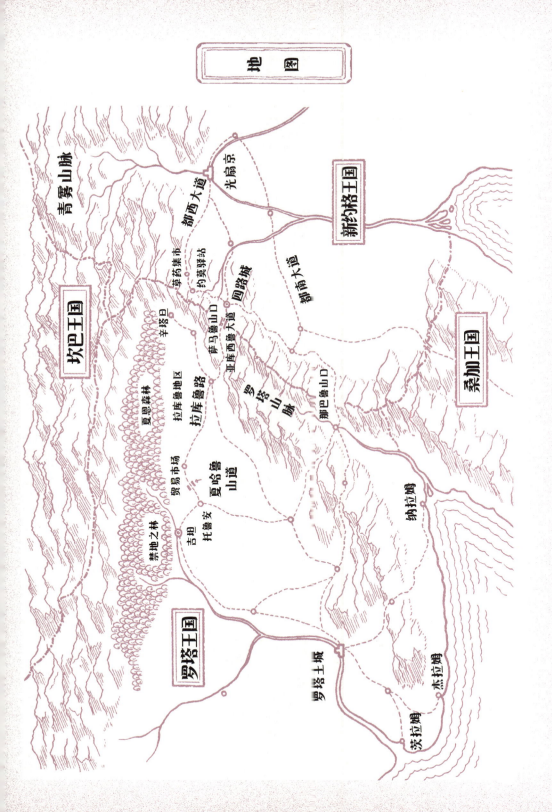

地　　图

目 录

序章
在王宫的庭院里

> 夕阳西下，温暖如春的庭院一片寂静。从拂晓时分就开始热闹起来的王宫，此刻万籁俱寂。

落日的余晖把王宫的庭院染成了金黄色。

庭院的角落里有一棵梧桐树。伊翰走到树下，坐在树根上，望着庭院发呆。每次坐在这里，身体就仿佛被这棵大树环抱着，伊翰的心情总能平静下来。

这个庭院位于王族成员寝室的背后，家臣们不会来打扰，其他王族成员也鲜少来此，可以一个人静一静。这是在王宫里长大的伊翰最喜欢的地方。

新年仪式已经结束，可这里还没下雪。伊翰想起自己的守城——那座位于南北方交界线上的小城。这个时节，想必那里的屋顶上已经积了薄薄一层雪。这个时候，那里应该已经天黑了。

夕阳西下，温暖如春的庭院一片寂静。从拂晓时分就开始热闹起来的王宫，此刻万籁俱寂。

想起兄长约萨穆的背影，伊翰不禁微笑起来。约萨穆在一群威风凛凛、手持长枪的骑兵的护卫下，前往桑加王国参加庆祝新王登基的仪式。

王兄真是位贤君，伊翰在心中赞叹。

作为弟弟，他很钦佩自己的哥哥，希望哥哥能够保重身体，健康地活下去。

约萨穆身材魁梧，文韬武略样样精通。就算身体有什么不舒服，他也不会表现在脸上。虽然他表面上看起来很健康，可伊翰知道，最近几年他总是发烧。这让伊翰想起上一代罗塔王——自己英年早逝的父亲，他在逝世前几年也经常发烧。父亲即使发着烧，也仍然兢兢业业地处理政事。这一点，哥哥和父亲很像。

伊翰希望哥哥能爱惜自己的身体。虽说这是个直接与桑加王交流的好机会，可让自己代替他去参加桑加王室的仪式，又有什么关系呢？

"国内正值多事之秋，把外交上的事交给我，王兄镇守国内不是更好吗？"伊翰有些不解。

辛塔旦牢城发生了那起惨案，企图召唤塔鲁哈玛亚神的那个女人虽已不在人世，但负责调查事情真相的斯发鲁至今没有传来任何消息，这不免让他有些担心。

日渐西沉，伊翰看着地上长长的树影，思考起哥哥在这个时候把国家大事交给自己，动身前往桑加王国的意图。

哥哥离开的这段时间，国内要举行建国庆典。那一天，南部的大领主也将齐聚位于伊翰守城附近的吉坦祭城。哥哥把前所未有的重任交给伊翰，然后踏上了旅程。

哥哥的信任让伊翰十分欣喜，同时也深感不安。

"难道王兄打算让我继位？"

把举行建国庆典的重任交给伊翰，方佛是约萨穆在对伊翰说："让那些虎视眈眈、觊觎王位的南部大领主好好见识见识下一代罗塔王的厉害！"

"真难办，大领主们对我可是恨之入骨。"伊翰嘴角露出一丝笑意，抬头仰望天空。

"拉罕他们一心向着我，对我期望太大，也很难办。"

想起北部那些希望采取激进改革措施的年轻人，笑容从伊翰脸上消失了。他很明白他们的心情。南部地区气候适宜，大领主们越来越富裕，叫嚣着自己才是这个国家的功臣，视北部氏族为罗塔王国的包袱。

北部地区冬季漫长，一到冬天就大雪封山。男人们为了保护牲畜免受狼害，在冰天雪地里也要辛苦劳作。夏天虽然美丽，但很短暂。土地又贫瘠，基本没什么收成。北部氏族的人们付出了那么多的艰辛与努力，却得不到相应的回报。

伊翰敢于正面挑战南部大领主，主张改革，得到了北部氏族年轻人的狂热支持，被当作救世主。这种心情，伊翰很理解。

但他们太过性急，这让伊翰很担心。

"伊翰殿下。"

听到突如其来的声音，伊翰马上从地上抓起佩剑，摆出迎敌的架势。

不知何时，十步开外出现了一个人影。来人是个矮小的女人，她的肩膀上站着一只小猴子。

"是西哈娜啊。"

伊翰放松下来，叹了口气说："吓我一跳，下次别再这么悄无声息地靠近我了。"

西哈娜莞尔一笑，说道：

"对不起。这是卡夏鲁的习惯。"

伊翰招招手，示意她走近。

"等你很久了。我一直在想，你怎么还不来。"

伊翰兴奋地说。他以为西哈娜是替父亲斯发鲁来报告情况的。然而，西哈娜说出的话完全出乎他的意料。

西哈娜盯着伊翰，平静地说：

"殿下，我找到那个女人的下落了。"

这句话如同利剑穿过伊翰的心。

第 一 章

消灭狼群

嗜血的塔鲁哈玛亚像一把明晃晃的镰刀飞向狼群。阿思拉闻到了血腥味。她第一次清醒地看见这样的情景，清晰地感受到自己与神融为了一体。

　　一条河流从阿思拉身体里流过，变成快如疾风的激流，伴着肉眼可见的微光，冲出她的身体。塔鲁哈玛亚乘着这激流，向前方飞去。

暴风雪之夜

空气冰冷潮湿。

天空被黯淡的银光笼罩，阿思拉透过厚厚的卡卢的头巾仰望天空，皱起了眉头。随后，她轻轻一拉缰绳，停下马。

"阿思拉，"与阿思拉同骑一匹马的米娜抬头看着阿思拉，问道，"怎么了？"

米娜今年八岁，是商队头领纳卡的掌上明珠，和谁都能很快打成一片。她的声音很好听，说起话来像小鸟鸣叫一样。或许是因为有个年纪相仿的女孩在身边，她格外开心。从出发的第一天起，她就对阿思拉很友善，教阿思拉孩子在商队里该做哪些事，教她打水、做饭。

阿思拉对约格人的习惯和商队的生活都不了解，一开始不太适应。好在米娜和其他商队成员都很友善，很快她就适应了和大家一起生活，学会了一些简单的约格话。

阿思拉会骑马，还骑得不错。爸爸活着的时候，家里养了一匹老马，身为猎人的爸爸，教了她很多在森林里生活的技能。

在越过萨马鲁山口进入罗塔领土后，阿思拉成了大家的好帮手。

她经常能找到需要的草药，采到野果。米娜把她当成了姐姐，天天围着她转。

生性腼腆、少言寡语的阿思拉很快融入了商队的生活。得益于此，巴尔萨也能够专心于护卫的工作。

在萨马鲁山口，他们和前往罗塔北部的毛织品商人会合，一起往前走，因为人数越多越不容易被强盗盯上。尤其是夜里，巴尔萨能和那个商队的护卫轮流睡觉，轻松了许多。

到目前为止，一路上都很顺利。可从大前天开始，天上飘起了雪花，天气越来越冷。冬天来得比预计早了许多。

翻过萨马鲁山口，从新约格王国进入罗塔王国后，都西大道改名为亚库西鲁大道。再往北，亚库西鲁大道分成两条路，大路通往罗塔王国的都城，小路叫作"拉库鲁路"，通往以草原和森林为主的拉库鲁地区。

这一带天气寒冷，不适合农耕。人们靠种植耐寒的小麦，放养长毛的西库牛、羊为生。

阿思拉想了一会儿，突然左手用力一拉缰绳，向左掉转马头，从女人们乘坐的马车旁穿过，策马奔驰起来。

"阿思拉，怎么了？"米娜问道。

"我有点担心，要到巴尔萨那儿去一趟。"

巴尔萨骑着一匹黑色骏马，时而走在商队前面，时而走在商队后面，警惕地观察着四周。冬季草木枯萎，越过高高的草丛，阿思拉看见远处的巴尔萨，骑马向她飞奔而来。

巴尔萨很快注意到了阿思拉，停下马来等她。阿思拉来到巴尔萨身边，有些犹豫地说：

"巴尔萨，我觉得天气不对。你看看天，再闻闻这风的味道，很快就会刮起暴风雪。"

马儿吐着白气，不停地摇头。巴尔萨摸摸它粗壮的脖子，冲阿思拉点点头说：

"是啊，我也发现了。早上纳卡说今晚要到托鲁安投宿。看这天气，我们还没走到托鲁安就会遇上暴风雪。我去跟他商量一下，先找个地方避一避。"

巴尔萨双腿一夹，策马朝商队前方奔去。

纳卡的商队一共有九个人，包括纳卡一家和他弟弟托西一家。连驮马①在内，只有十匹马。纳卡骑马走在最前面，托西驾着两匹马拉的马车紧随其后。马车上装着生活必需品和到罗塔后用于贸易的商品。

托西后面是纳卡的妻子玛罗娜。她驾着两匹马拉的带篷的马车，车里坐着托西的妻子、托西还在吃奶的孩子、纳卡蹒跚学步的儿子和托西与纳卡的老母亲。纳卡最小的弟弟塔姆驾着驮马跟在最后。

在他们身后不远处是经营毛织品的商人连恩的商队，规模和纳卡的商队差不多。随行的护卫是一个年龄约四十岁的男人，他用长剑和弓箭做武器。

———————————

① 驮马：运送货物的马。——译者注

纳卡看见巴尔萨过来便停下马，指着天空，朝她点点头。他也注意到了天气的变化。

"本来以为能赶到托鲁安，这下看来是不太可能了。"纳卡对巴尔萨说。

前面是一片荒芜的草原，若是在这里遇上暴风雪，他们很难保住性命。后面是一片森林，他们刚刚从那里走出来。

"我记得刚出森林的地方有一个放牧点。我们最好回到那儿去。"

巴尔萨说完，纳卡点点头说：

"巴尔萨，你去通知连恩他们。阿思拉和米娜，你们俩负责通知我们的人掉头。"

眼见巴尔萨骑着马如离弦之箭般离去，阿思拉也掉转马头，把纳卡的话告诉后面的人。

这附近的草原道路狭窄，马车很难快速掉头。他们先让马踩踩路边的草，看看地面是否平坦，能否掉头。万一草丛里有兔子挖的洞，马车很可能会翻车。

天色渐暗，空中乌云密布，隐隐闪着不祥的银光。虽然心里着急，大家还是齐心协力，小心翼翼地慢慢掉头。

连恩他们也注意到了天气的变化。巴尔萨赶到时，男人们已经聚集在队伍前方，开始准备掉头。

巴尔萨把纳卡的想法告诉连恩，连恩点头说："我们也打算这么做。"

"这天气就像爱发脾气的女人，说生气就生气。真受不了！"

连恩的商队都是单身男人，大家都是好人，就是说话有些口无遮拦。他们说如果自己走在前面，速度太快，纳卡一行人恐怕吃不消，所以坚持走在后面。

巴尔萨正要回头，连恩商队的护工辛亚骑马来到她身旁。大风吹动着辛亚夹杂着银丝的头发。

"或许是我多事，"辛亚沉稳地说，"最好还是让那个孩子坐到带篷的马车里去吧。"

"嗯，我会的。"

他们想借宿在罗塔牧民的屋子里　躲避暴风雪。辛亚提醒巴尔萨，最好不要让他们看见身为塔鲁人的阿思拉。

辛亚观察巴尔萨的表情，确定她已经冷静地接受了自己的建议后，轻轻点了点头。

巴尔萨返回纳卡身边，先和他说了这件事，请他允许阿思拉坐上马车。纳卡似乎这才想起还有这么件麻烦事，有些不快地皱了皱眉头。不过，他很快就对阿思拉说："把马交给米娜，你坐到马车里去吧。"

"爸爸，为什么要让阿思拉坐马车？"

米娜感到很困惑，大声问道。顿时，大人们都沉默下来。

"阿思拉不喜欢罗塔人。米娜，你也帮忙让阿思拉不要看见他们，好吗？"

巴尔萨说完，米娜虽然一脸"好奇怪"的表情，但还是顺从地点了点头。

阿思拉坐上掉过头的马车，心里很不舒服。大家的目光都避免与她接触，这让她觉得更难受了。

一股酸涩涌上心头。阿思拉咬紧牙关，深吸一口气，走到马车最里面坐下。

透过玛罗娜粗壮的手臂，阿思拉看见了巴尔萨的脸。四目相对，阿思拉心里一惊。

巴尔萨眼中浮现的不是同情，而是鼓励，似乎在说："我知道你会处理好这件事的。"

进入罗塔地界后，这种事不可避免地会越来越多。如果每次都感到难过、抬不起头，还怎么去救哥哥？

阿思拉咬紧下唇。巴尔萨似乎从阿思拉眼中看到了什么，冲她笑了笑。接着，巴尔萨迅速掉转马头，疾驰而去。

每到冬天，附近的牧民为了挡风，都会在离森林不远的地方建一个放牧点。他们会在那里修建牲口栏，在厚实的木栅栏上围上牛皮，不让风吹进去，以防家畜被冻死。

牲口栏后面是牧民们住的屋子。他们让妻儿住在托鲁安，只剩青壮年男子在这里过冬。因为他们不仅要保护家畜不被冻死，还要保护它们免遭狼害。

纳卡和连恩打头阵，先去和牧民们商量。牧民们正在检查牲口栏是否能够抵御暴风雪，听闻二人的来意，很大方地同意让一行人到屋里躲一躲。

马车队到达后，身材高大健壮、满脸胡子的牧民头领让年轻的牧民帮他们一起把马车拉进屋。

阿思拉躲在马车里，认真听着车厢外熟悉的罗塔话。牧民们说话虽然有点儿粗鲁，但都很豪爽，告诉女人们不要担心，在他们这里不用客气。

他们的亲切让阿思拉觉得很不习惯。这是她第一次听见罗塔人以这么友好的语气说话。

"哎呀，别待在马车里了，光靠马车哪能躲过暴风雪。放心吧，屋里很宽敞。来，快下来，进屋去吧。"一个牧民说道。

面对牧民们的好意，纳卡的妻子玛罗娜点点头。她偷偷回头看了阿思拉一眼。阿思拉心里虽然很紧张，但还是竭力以平静的口吻小声说：

"我会用修玛遮住脸的，没事。"

阿思拉的约格话说得磕磕巴巴，不过看见她从怀里掏出修玛的动作，玛罗娜点头示意她明白了。

阿思拉把斗篷的头巾掀到背后，先用一块灰色的布把半张脸遮住，又把头巾戴上，跟着大家下了马车。她低头从罗塔年轻人身旁走过，谁也没有注意到她。

"现在还能这样躲一躲，可吃饭的时候怎么办呢？"虽然担心这个问题，可阿思拉的心情却逐渐平静了下来。走进罗塔人的屋子时，好奇心战胜了恐惧，她并不觉得害怕。

走进一间小屋，屋顶上吊着熏肉，地上摆着罐子，两面墙边堆满了柴火。

穿过这间小屋，推开另一扇门，出现在眼前的是牧民们吃饭、睡觉用的一间大屋子。炉子里的柴火熊熊燃烧，屋里暖和得有些闷，烟熏得眼睛有点疼。

两个商队的人被安排在三间屋子里睡觉。他们把不能被打湿的货物堆在墙角，在屋里铺好寝具。米娜兴高采烈地在三间屋里跑来跑去，年长的牧民时不时摸摸她的头。

阿思拉正在铺床，巴尔萨走进屋，蹲在她身旁低声说：

"我跟牧民的头领说你脸上有伤，不想被别人看见自己的脸，也跟商队里的人这么说了，他们应该不会乱说话。"

阿思拉点点头。巴尔萨凝视着阿思拉露在外面的眼睛，问道：

"你没事吧？"

阿思拉微微一笑。看见她的笑容，巴尔萨也温柔地笑了笑。她轻轻拍拍阿思拉的肩膀，站了起来。

不久，风声肆虐，呜呜作响，屋子也被狂风吹得晃动起来。男人们拥进屋里，他们的斗篷上全是雪。

"好大的暴风雪！这是今年入冬以来的第一场大风雪！"

男人们七嘴八舌地聊着天，屋里十分热闹。暴风雪很可怕，不过有了异国他乡来的商队，牧民们平淡的生活也变得热闹起来。

屋子的墙壁被风吹得嘎吱作响。阿思拉和米娜坐在墙边，感到风从墙缝吹进来。她们觉得很冷，于是动手把行李挪到了墙边。牧民的头领注意到她们的动作，沉声说：

"你们看看，约格的女孩多机灵啊。这么一来，相当于有了两层墙壁，屋里也会更暖和。真是好孩子！"

听到有人表扬自己，米娜脸上绽开了笑容。阿思拉感到一阵异样的情绪在心底涌动。这句"真是好孩子"让她想起了爸爸。罗塔人的声音竟然让她想起了爸爸，这种感觉很奇妙。

那天晚上，屋里热闹得像在开"宴会"。罗塔牧民们使出看家本领，用拉卤招待纳卡一行人。拉卤是一道用羊奶炖的菜，肉被炖得酥烂，很暖胃，因为加了"玛邑"这种香气浓郁的蘑菇，一点羊奶的腥膻味也没有。

牧民们把牛奶做成的奶酪切成块，串在铁扦上，放在炉火上烤。烤到表面焦黄后，把奶酪抹到切成厚片的巴姆上一起吃。

纳卡等人也拿出了约格好酒和美味的点心香姆。香姆表面撒满了用约格先进的技术生产的精制砂糖，很受罗塔牧民们欢迎。

阿思拉一个人蜷缩在货物后面吃饭，大家都装作没看见她。

这场"宴会"是那么温暖，令人开怀。阿思拉第一次目睹罗塔人的日常生活，看见他们发自内心的笑容。

如果此刻自己摘下头巾，笑容就会从他们脸上消失吧，阿思拉心想。

巴尔萨来到阿思拉身边，背靠行李坐下，伸了个懒腰。

"今晚你能好好睡一觉啦。"

阿思拉说完，巴尔萨苦笑着说：

"嗯，不过还得照看那些马。"

接着，巴尔萨严肃地说：

"纳卡和连恩都没有预料到暴风雪会来得这么快。我们本来应该在雪季到来前穿过拉库鲁地区。现在这样，就得等到地面冻实，马车才能上路了。"

阿思拉吃惊地看着巴尔萨说：

"咱们可能在期限之前赶不到吉坦了？"

巴尔萨摇摇头说：

"这倒不会。我担心的是四只脚的贼。"

巴尔萨说的是狼。雪季是狼最饥饿的时候。它们平时会袭击家畜，但很少袭击人类。可一旦饿极了，它们就会变成可怕的野兽。暴风雪吹得墙壁嘎吱作响，听起来就像狼在嚎叫。阿思拉手臂上冒出鸡皮疙瘩。

"做毛皮生意是很危险的。在新约格王国，皋魇皮卖得最贵，人们必须在它们冬天换毛的时期采购。罗塔人愿意出高价收购的夏首也只有在深秋时节才能采摘到。所以，干这一行的人不得不在这么危险的时期踏上旅途。"

听着巴尔萨的话，阿思拉心想：纳卡头领为什么要带着还在吃奶的孩子做这么危险的买卖呢？

"干这一行虽然很危险，可相比之下，收入也比干农活儿高得多。纳卡从小就过着这样的生活，没想过要干别的吧。"

看着纳卡被火光映红的侧脸，阿思拉点了点头。

自打出生就跟着商队一起走南闯北的纳卡；生为牧民之子，以牧民的身份继续生活下去的罗塔年轻人；生为塔鲁人的自己……人原来有各种各样的活法。

"说起来，巴尔萨是在哪里出生，又是怎么长大的呢？"虽然很想问，但阿思拉并没有问出口。

一群人平静地度过了这一夜。

狼群来袭

暴风雪连着下了三天三夜。

狂风呼啸，大家都变得安静起来，为了节约粮食，也不再像第一天晚上那样大吃大喝。牧民们把食物分给商队的人，这让商队的人觉得很不好意思。牧民们不以为意地笑着说："这种时候就应该互相帮助。你们说的那些其他国家的奇闻逸事，也帮我们打发了这无聊的时光。千万别客气！"

商队的人帮着牧民照顾牲畜。他们在身上系了绳子，以防在猛烈的暴风雪中迷失方向。

到了第三天夜里，咆哮的风声终于平息，大家反而觉得耳朵有些不适应。正当他们为暴风雪停息而松一口气时，一声长长的嗥叫"啊呜——"打破了夜晚的寂静。

紧接着，一阵"啊呜——啊呜——"的叫声响彻夜空。

众人后背开始发凉。

"糟了！这次暴风雪刮的时间太长，森林里的'兄弟们'饿坏了。"

牧民们点起火把，拿起弓箭、长枪走到屋外。

看见巴尔萨也拿起长枪，阿思拉腾地站起来，叫道：

"巴尔萨！"

"马要是被它们吃掉就麻烦了。阿思拉，照顾好小孩子们，让他们别害怕。他们就交给你了！"

巴尔萨戴上手套，穿上斗篷，和商队的男人们一起踏入冰天雪地中。

屋里突然变得空荡荡的，一片死寂。米娜很害怕。阿思拉紧紧握住她的手，竖起耳朵听着屋外的动静。屋外不时传来男人们说话的声音。

不知过了多久，突然传来狼叫声，它们已经近在咫尺了！

米娜害怕得哭起来，紧紧抱住阿思拉不放。

"别怕，它们进不了屋的。"

阿思拉轻声安慰她。米娜害怕地点点头。

牲口栏那边传来家畜惊恐的叫声、杂乱的马蹄声、家畜撞击栅栏的声音。玛罗娜等人脸上露出不安的神情。屋外，男人们的怒吼声越来越大。

就在这时，传来了什么东西被撕裂的声音。紧接着，又传来男人们的吼叫声。发生了什么？

阿思拉再也坐不住了。她戴上手套，举起火把，向外跑去。

"玛罗娜，我出去看看！"

"拜托你了！啊，米娜，你待在屋里！"

米娜没有理会妈妈，紧跟在阿思拉身后跑了出去。

屋外漆黑一片，空气冷得像冰一样，寒气穿过厚厚的斗篷，阴冷彻骨。每吸一口气，阿思拉就觉得胸口一阵疼，眼泪模糊了她的视线。

牲口栏四周有火把的亮光，男人们的声音传来：

"不行！太冒险了！这么追过去，你们也会落入狼口的！"

牧民头领的话音刚落，纳卡的声音响起：

"那四匹驮马如果丢了，我们就完了！别拦着我们！"

阿思拉蹑手蹑脚地走近他们，没有人注意到她。借着火光，她看见牲口栏上有个缺口。十有八九是商队的马匹听到狼嚎声，受到惊吓，踢坏栅栏跑了。

纳卡使劲拉住自己那匹一个劲想跳起来的马，大声吼叫。

"纳卡，我去追，你们留在这里！"

纳卡像没有听见巴尔萨的话一样，跳上马往森林深处跑去。他的两个弟弟也跟了上去。

"啧"了一声，巴尔萨跳上自己的马。

牧民们一边说"那可太危险了"，一边跑去叫住在其他屋里的牧民。留下来修栅栏的两个男人担心地盯着纳卡等人离开的方向看。

怎么办？先回屋告诉玛罗娜发生了什么事吧。阿思拉心想。就在这时，她看见一个小小的身影钻进了牲口栏。

"米娜！"

阿思拉惊恐地大叫。米娜没理她，挣扎着爬上了自己的马。牧民们很吃惊，想要拦住她，米娜从他们手臂之间溜了出去。

阿思拉不顾脚底打滑，冲到马旁边，拼命抓住马嚼子，从米娜身后跳上了马。她想抓住缰绳让马停下来。米娜拼命挣扎，一次次拍开她的手。

"米娜！听见了吗？听见了吗？我不拦你，你把缰绳给我！"

阿思拉抢过缰绳，往纳卡离开的方向追去。

她知道自己在干傻事，可一想到巴尔萨他们可能会被狼吃掉，她就和米娜一样坐立难安，想亲眼确认他们平安无事。

"爸爸……爸爸……"

米娜不停地嘟囔。

没人比阿思拉更了解米娜此刻的心情。从前，她也曾经像米娜这样拼命祈祷爸爸能够平安无事。可惜神没有听到她的祈祷，她最后找到的是一具被狼撕裂的尸体……

阿思拉朝着黑暗中若隐若现的火光奔去。雪还没冻实，马蹄不时打滑，在马背上坐稳都很困难。空中挂着一弯新月，淡淡的银光洒在雪地上。树影像弯弯的带子延伸向远方。

不知跑了多久，牧民们手里的火把发出的亮光完全消失，阿思拉看见一个个黑影如流水般在林间穿梭。

她的后背汗毛倒竖。是狼！一大群狼！

前方不远处传来纳卡等人的声音，阿思拉看见他们抓住了跑出来的马。那里没什么积雪，地上有一棵倒下的大树、一块大石头。马无路可走，被纳卡他们抓住了。

两人拼命朝那个方向跑去。马在雪地上跑不快，急得她们的心脏都快从嗓子眼跳出来了。

从一棵大树底下穿过时，阿思拉觉得有什么东西轻轻拂过她的脸。瞬间，眼前的世界开始变得扭曲起来，黑暗的森林中出现了一条波光粼粼、哗哗作响的河流。

"哈萨·塔鲁哈玛亚！"

和妈妈一起看见过的那条河也流到森林里来了！阿思拉心里一阵激动。

"爸爸！"

米娜大声呼唤纳卡。纳卡等人回过头，一脸震惊。巴尔萨骑马来到她们身边，用力抓住马嚼子。

"你们在干什么！"

巴尔萨的怒吼声把阿思拉的思绪拉回现实中。

巴尔萨早就发现被狼群包围了。这么多狼，不管是逃出去，还是保住一群人的性命都是难事。偏偏在这时候又跑出两个孩子！

愤怒之余，巴尔萨用长枪拍了一下马屁股，让阿思拉她们的马向纳卡的方向跑去。

随后，巴尔萨骑马跑到倒下的大树旁，翻身下马，抽出放在马鞍里的柴刀，挥刀砍向那棵树。

"纳卡！你们也快用柴刀砍这里，用木头内部干燥的地方生火。"

纳卡等人连忙按照巴尔萨说的做。树都被雪水打湿了，很难点燃。倒是已经倒下的树，里面应该是干的。

幽幽的绿光在黑暗中时隐时现。是狼的眼睛！狼群正逐渐向他们围拢。

劈开树皮后，纳卡想用火把把树点燃，可他的手一直发抖，怎么也点不着。

"阿思拉，你带米娜躲到树下面！"

被巴尔萨一吼，阿思拉赶紧下马，拉着米娜挤进大石头和倒下的大树中间的那道缝里。

"托西，你们站在我背后！用箭对付从枞后面来的家伙！"

托西等人绷着脸，站到阿思拉两人藏身之处的旁边，拉满弓准备放箭。巴尔萨用嘴一咬，扯下手套扔到一边。

马不停地嘶鸣，后蹄腾空而起，几乎挣断系在大树上的缰绳。刹那间，两个黑影从雪地上飞奔而来。

巴尔萨转身扔出火把。火把像利箭一样飞出，击中其中一只狼。那只狼一边抖落身上的火星，一边嗷嗷叫着往回跑。巴尔萨挥动长枪，刺中另一只狼，用力一踹，狼飞了出去。

倒下的大树终于被点着，可还没等火势变大，狼群已经从四面八方袭来。巴尔萨挥舞长枪，飞快地移动着。长枪像一股旋风，从一只只狼的身体间穿过。

无奈，狼实在是太多了。纳卡兄弟用弓箭对付从背后袭来的狼，没一会儿箭就用完了。

"啪"的一声，一匹驮马挣断缰绳。因为惯性，驮马倒向巴尔萨。巴尔萨扭过身体，勉强躲开了驮马。可她的动作却因此出现破绽，一只狼伺机张着血盆大口向她的喉咙咬去。

巴尔萨来不及躲闪，也来不及挥动长枪。只见她把左手伸进狼口，紧紧抓住它的舌头，顺势把它的头摁倒在地，膝盖用力一顶，打断了它的肋骨。

阿思拉看见血沿着巴尔萨的左手往下流，听见纳卡大叫"没有箭了"，又看见黑影闪着绿光向她们飞奔而来。

阿思拉一把搂住米娜，遮住她的眼睛。

"我不想死！"阿思拉很害怕，浑身发抖。

神啊！神啊！阿思拉在心里呼唤。

一股热流在心底涌动。阿思拉感觉身体被分成了两半。她脖子上戴的、肉眼看不见的槲寄生环开始发光，散发出浓烈的血腥味。河流，哗哗作响；身体，瑟瑟发抖。圣河开始流动了……

一道白光从脑海中闪过，一阵光芒从心底向喉头涌动。

那一瞬间，阿思拉看得清清楚楚：脖子上戴的槲寄生环散发出一道道银光！"神"在黑暗中游动，身上的鳞片闪闪发光，露出尖利的獠牙！

嗜血的塔鲁哈玛亚像一把明晃晃的镰刀飞向狼群。阿思拉闻到了血腥味。她第一次清醒地看见这样的情景，清晰地感受到自己与神融为了一体。

一条河流从阿思拉身体里流过，变成快如疾风的激流，伴着肉眼可见的微光，冲出她的身体。塔鲁哈玛亚乘着这激流，向前方飞去。

被塔鲁哈玛亚碰到的狼，像水果一样被切开！

多么伟大的力量啊！阿思拉感到自己的身体膨胀了好几倍。

没什么可怕的，再也没有什么可怕的了！

阿思拉陶醉于这前所未有的快感，微笑着杀死一只又一只狼。河流呈圆弧形向前流动，树木像柔软的泥土一样被削过，木屑飞扬。

阿思拉控制着河流的流向，不让它碰到巴尔萨等人。与神融为一体的阿思拉愉快地进行着杀戮。

终于，四周陷入一片死寂。"呼"，阿思拉自然地吸了口气。喝够鲜血的塔鲁哈玛亚安静地回到阿思拉体内，消失在诺幽古的河流中。

所有人都呆立在原地。

万籁俱寂，月光惨淡。巴尔萨环顾四周，目光所及之处都是狼的尸骸。最后，她的目光落在阿思拉身上。

阿思拉抬头望着巴尔萨，脸上是心满意足的笑容。她的眼睛熠熠生辉，充满了生机，与之前那个性格内向的少女判若两人。

看到这样的眼神，一股寒气从巴尔萨心底升起。

在冰天雪地里，巴尔萨凝视着阿思拉，伫立在黑暗的森林之中。

被困"壶宇"

微弱的光线从透气孔照射进来，唐达知道天亮了。

睁开眼时，四周一片黑暗。唐达不知道自己睡了多长时间，眼下在哪里。他抱着肚子，身体蜷成一团，一心祈祷头痛和恶心的感觉快点过去。西哈娜给他灌了麻卡，让他长时间昏睡，所以他醒来后特别难受。

等难受劲儿过去，他终于想起来发生了什么事。

那天，他们发现西哈娜背着父亲斯发鲁另有打算。回到客栈以后，唐达差点被杀。千钧一发之际，斯发鲁救了他。

斯发鲁说："你不杀唐达，我就听你的。"

斯发鲁是个有实力、有地位的咒术师。西哈娜靠那群彪悍的男人抓住了他，可她既不能杀他，也不能伤害他。于是，唐达就有了充当人质的价值。

虽然没有了性命之忧，但西哈娜对待人质很冷酷。她根本不把唐达当人，动辄逼他喝麻卡汤，让他昏睡。麻卡药效很强，吃多了可能损伤大脑。

从喝下汤药到再次睁开眼睛，这期间发生了什么，唐达一概不知。每次醒来，只能等到慢慢想起之前的事，证明自己大脑没有受损，他才能松一口气。

拂晓的阳光从透气孔照射进来，唐达发现齐基萨也喝了迷药。不过他喝的应该不是麻卡，因为他醒来时没有自己那么难受。

就算天亮了，唐达也不知道自己身在哪里。这个"牢房"连扇门都没有，墙壁、屋顶和地板连成一体，都是用黏土做的。唐达觉得自己被关在黏土做的"壶牢"里。屋顶很高，就算他跳起来也够不到透气孔。

远方传来沙沙沙的响声，像是风吹过草丛发出的声音。

"这是哪里？"

齐基萨低声问。

"我也不知道。"

唐达抬头望着透气孔。因为喝了麻卡，他一点儿也不饿，只觉得渴。一想到不知道什么时候才能喝到水，他觉得更渴了。

"喂！"唐达大叫，"有人吗？给我们点水和吃的！"

没人回应。这里连扇门都没有。想到这里，一阵不安涌上唐达心头。

顾虑到齐基萨在旁边，唐达不敢在脸上表现出不安。他在心里暗暗想：等体力再恢复一些，试试看用离魂术吧。不过，西哈娜那些人肯定防着我使用咒术，恐怕已经设好"结界①"了。

------

① 结界：咒术师使用的保护特定区域的咒术。——译者注

唐达想通过大声喊叫来减轻自己的不安。

这时，地上出现了一个阴影。有人走到了透气孔上方，把手插进了透气孔。"啪"的一声，顶棚被抬起来了。因为逆光，唐达看不清来人的脸。

"让开！"那人用罗塔话说。

话音刚落，一个大篮子被扔了下来。

篮子的盖被摔开，一团圆圆的东西和水瓶滚了出来，像是食物和水。

看着顶棚又被盖上，唐达连忙大叫

"喂！我们想上厕所。"

头顶传来脚踩顶棚的声音，同时一个男人的声音传来：

"回头扔个壶给你！"

唐达和齐基萨对视一眼，说：

"有吃有喝，总比什么都没有强。"

说完，他捡起那团圆滚滚的东西，拍掉上面沾的灰。唐达没吃过这个，不过从手感和香味来判断，应该是类似罗塔的巴姆之类的东西。

"知道这是什么吗？"

唐达把吃的递给齐基萨。齐基萨撕下一小块，放进嘴里嚼了嚼。

"和巴姆有点像，原来没吃过。"

这里到底是哪儿？唐达又思考起这个问题。那天，巴尔萨留在塔奇亚店里的信上写着"在吉坦祭城交换唐达和齐基萨"，那么西哈娜肯定在往罗塔走。

所以，这里肯定是罗塔的某个地方，可是看守他们的那个人看起来不像罗塔人。

唐达把吃的和水分给齐基萨，一边吃，一边告诉他在塔奇亚店里发生的事，还有到目前为止发生的所有的事。

"吉坦祭城"这个词从唐达嘴里说出来时，齐基萨脸色一变。

"吉坦祭城……"

唐达眨了眨眼问：

"吉坦祭城怎么了？"

"吉坦祭城是从前的罗塔尔巴尔的圣城，萨达·塔鲁哈玛亚的宫殿也在那里。"

齐基萨告诉唐达从塔鲁·库玛达那里听来的历史。

现在罗塔的都城位于罗塔王国的南部，而在萨达·塔鲁哈玛亚统治的时代，罗塔的气候比现在温暖得多，都城位于北部的吉坦一带。

当时的圣城被称为斯拉·希·塔鲁哈玛亚（塔鲁哈玛亚所在之地），那里绿树成荫，气候宜人。城里有雄伟的宫殿、高大的树木、美丽的泉眼，甜美的果实压弯了枝头，成群的猴子在嬉戏。

后来萨达·塔鲁哈玛亚被基朗王杀死，哈萨·塔鲁哈玛亚消失，宫殿一带越来越冷，渐渐从这个世界上消失了。

基朗王为了净化这个萨达·塔鲁哈玛亚被杀的地方，修建了一座祭城，并在祭城附近建造了一座罗塔风格的城堡。他让他的弟弟住在这里，守护北方的领土。

吉坦对塔鲁人来说是理想的圣城，也是让人悔恨的地方。那里是塔鲁人的禁地，从决定隐居避世那天开始，塔鲁人就发誓再也不踏进那里一步。

唐达皱紧眉头。

西哈娜到底想干什么？她不是要在阿思拉变成萨达·塔鲁哈玛亚之前杀死她吗？为什么要故意把她引到萨达·塔鲁哈玛亚生活过的地方？

"如果是这样，阿思拉应该不愿意去吉坦吧？"

唐达低声说完，齐基萨的脸色变得阴沉起来，说道：

"阿思拉或许并不认为吉坦是禁地。"

唐达惊讶地看着齐基萨问：

"为什么？"

齐基萨下意识地摸了摸左手的伤口，情绪低落地说：

"因为阿思拉完全相信妈妈的话。"

齐基萨低着头，说起往事：

"我们的爸爸五年前被狼咬死了。爸爸死后，只剩下我们三个人，妈妈变得越来越忧郁。"

齐基萨耸了耸肩接着说：

"爸爸死后，我们的生活越来越困难，妈妈很痛苦。

"大约两年前，妈妈像变了个人一样，突然不再相信塔鲁·库玛达说的话。她告诉我们，塔鲁哈玛亚不是祭司说的邪恶的神，而是拯救塔鲁人的神圣的神。

"我不太相信妈妈说的话，可阿思拉说妈妈说的都是对的。"

齐基萨的脸变得有些扭曲。

"爸爸还活着的时候，我们就远离其他塔鲁同伴，独自生活。阿思拉和我都没什么朋友。只有我们一家人住在圣地附近的森林里，离其他人生活的森林很远。"

唐达静静地听齐基萨诉说。

"在我们出生前很多年，妈妈背井离乡，一个人来到塔鲁·库玛达居住的圣地。

"塔鲁人的圣地在夏恩森林的深处。罗塔人觉得那里住着恶魔，从来不到那里去。我想是因为妈妈非常害怕看见罗塔人，才会住在那里。我听爸爸说，妈妈跟爸爸结婚以后，说服他把房子建在了远离其他塔鲁人的地方。"

"她为什么那么怕罗塔人？"

齐基萨歪着头想了想。

"不知道。塔鲁人都不喜欢罗塔人，不过为了买卖毛皮和其他商品，塔鲁人每年都得和罗塔人打几次交道。可妈妈从来不见罗塔人，她把和罗塔人打交道的事全都交给了爸爸。"

齐基萨抿抿嘴继续说：

"虽然塔鲁人住的村子很小，散布在森林深处，但亲戚之间一般会互相走动。祭司每个月也会到村里教孩子们《圣典》或历史。

"可我和阿思拉从来没到过别的村子，也没见过其他亲戚。只有祭司会定期来给我们讲讲《圣典》或历史。但是……"

齐基萨偷偷瞄了唐达一眼，说道：

"妈妈变了以后，我和阿思拉都很讨厌祭司来我们家。因为祭司一走，妈妈就会说他们的坏话，让我们不要相信他们。妈妈变得和原来温柔的样子完全不同，我们都很不喜欢那样的妈妈。"

齐基萨皱紧眉头。

"我想这是因为拉玛巫给妈妈灌输了什么，因为妈妈经常瞒着祭司去参加拉玛巫组织的秘密聚会。"

"拉玛巫？"

"拉玛巫是为了成为塔鲁·库玛达而修行的人。能感受到诺幽古气息的孩子，到十四岁就会被选为拉玛巫，送到圣地去。阿思拉本来也应该成为拉玛巫。"

"阿思拉能看见诺幽古？"

齐基萨点点头。

"我不知道她是能看到还是能感受到。

"可妈妈非常反对阿思拉成为拉玛巫，说'不想让阿思拉的人生像我一样'。"

"'像我一样'？你妈妈也是拉玛巫吗？"

"不，不是的。拉玛巫不能结婚。妈妈不是拉玛巫。

"我不知道妈妈为什么这么说。她常说自己没能过上想要的生活，一直在逃、一直在躲。可能是我们出生前发生了什么。"

齐基萨叹了口气，摇了摇头，言归正传。

"刚才我不是说可能是拉玛巫向妈妈灌输了什么吗？年轻的拉玛

巫可能产生了和塔鲁·库玛达讲述的《圣典》不同的想法。妈妈每次参加完秘密聚会回来，都会狂热地向我们灌输一些和塔鲁·库玛达的教诲不同的说法。每次一说到这些，妈妈都变得很有活力，看上去非常开心。"

齐基萨的眼神很复杂，一方面为这样的妈妈感到耻辱，另一方面又很怀念妈妈。他接着说：

"阿思拉很喜欢妈妈，总是黏着妈妈撒娇。她和我不一样，不讨厌妈妈的改变，还为消沉的妈妈变得开朗起来而高兴。我想她现在还是对妈妈说的话深信不疑。"

唐达喝了口水，用衣袖擦擦瓶口，把水瓶递给齐基萨。

"说说阿思拉吧，她是个什么样的孩子？"

齐基萨抱着水瓶，想了一会儿。

"阿思拉是个老实的孩子，有点内向，但很坚强、很温柔。真的！为什么会变成这样？"

齐基萨低着头，嘴唇都在发抖。

"都怪妈妈不好！如果妈妈没做那种事，就不会被处死，阿思拉也不会变成那样。"

唐达伸手笨拙地拍拍齐基萨的肩膀。

齐基萨憋住眼泪。

"阿思拉为什么变得能够召唤塔雪哈玛亚？你妈妈是怎么做到的？"唐达问道。

齐基萨低着头说：

"我不知道。我看不见塔鲁哈玛亚。爸爸死后，我们靠捕猎生活。有一天，我们去设陷阱的时候，阿思拉说了些奇怪的话。"

齐基萨抬头看着唐达。

"我们在森林里走着走着，突然走到了一个比别处暖和的地方。我们把这样的地方叫作诺幽古·刹（诺幽古的水洼）。那天，我们把陷阱设在了那里。

"设陷阱的时候，阿思拉忽然变得很焦躁。她一会儿竖起耳朵，好像在听什么声音；一会儿又睁大眼睛，好像在看什么东西。我看着她这样，有点害怕。"

似乎是想起了那时的情景，齐基萨的眼神有些飘忽。

"阿思拉的表情好像在做梦。那天晚上，妈妈带着阿思拉出去了一趟。虽然她们没跟我说，但我猜她们是到拉玛巫那儿去了。

"第二天半夜，妈妈就带着我们到圣地的神殿去了。她们还偷偷潜入了神殿里的禁地——萨达·塔鲁哈玛亚的墓地。我不让她们去，可妈妈不听我的。

"神殿的岩石上长着苔藓。我在那里第一次看到了哈萨·塔鲁哈玛亚。明明是半夜，匹克芽却在肉眼看不见的河水冲刷下，闪闪发光。

"妈妈让我躲在树下，她带着阿思拉走进那条'河'里，往神殿的岩石后面走去。

"她们一直不出来。等她们出来的时候，天已经快亮了。

"妈妈吓了一大跳，她似乎没想到过去了那么长时间。她肯定是想趁天还没亮离开禁地，结果事与愿违，我们被前来参加黎明仪式的塔鲁·库玛达发现了。"

之后的事齐基萨不想再说。

唐达也没有追问。从斯发鲁的话里他大概知道那以后发生了什么。

只有一件事他不得不问。他不想为难齐基萨，可一旦错过这次机会，可能就再也问不出来了。

"齐基萨，阿思拉在辛塔旦牢城做了什么？"听到唐达叫自己，齐基萨抬起头来。

看见齐基萨眼里的痛苦和悲伤，唐达想如果能不问就好了。

齐基萨深吸一口气，开始说起来：

"那天晚上，妈妈被处死的时候，我们站在行刑台后面，手被士兵抓住了。很多人围着行刑台，有人同情妈妈，有人害怕妈妈，还有人在笑！"

齐基萨的声音有些颤抖。

"竟然有那么残忍的人！我想杀了那些在笑的家伙！我们拼命大叫'救救妈妈'，可没有人理我们。"

唐达握着齐基萨的手，很想对他说"不要再说了"。可齐基萨没有停下来，接着说：

"妈妈被杀的瞬间，周围很吵，有人惊叫，也有人欢呼。阿思拉突然抬头望向天空，翻起白眼。

"她的身体好像变成了两层，若隐若现，巨大的光圈从她的身体里往外扩散。接下来的事发生在一瞬间。

"黑暗中突然出现一股强烈的气流，像一条隐隐发光的河流，又似一阵狂风，转眼间杀死了很多人。

"除了紧紧抱住阿思拉的我以外，围着行刑台的人，包括之前抓住我们的士兵，都在转眼间被杀死了。我看见离行刑台比较远的那些人想往外跑，可'它'闪着光追了上去。谁也没能逃走！"

唐达感觉全身的鸡皮疙瘩都竖了起来。齐基萨望着唐达，眼眶含泪。

"我们是杀人犯！杀了那么多人。如果那个时候我不跑，杀了阿思拉再自杀就好了！"

"齐基萨！"

齐基萨眼里的泪水夺眶而出，一滴一滴止不住地往下流。

"阿思拉好像什么都不记得了，连闯入萨达·塔鲁哈玛亚的墓地，以及妈妈被处死的事也不记得了。不是阿思拉的错！如果妈妈没有打破禁忌，就不会发生那样的事。我在心里对自己说'这不是我们的错'。

"可是，事情变得越来越严重，牵连了很多人，已经不是我们能够掌控的了。"

齐基萨掩面哭泣，继续说道：

"我想见阿思拉！想在她再次杀人前见她一面，告诉她这些事。要是能让我们自己做个了结，不要连累其他人就好了。事情为什么会变成这样？"

唐达把齐基萨抱在怀里。齐基萨伏在他胸前大哭，边哭边说：

"对不起！我不想把你和那个女人卷进来的！"

唐达紧紧抱住齐基萨。

"不是你把我们卷进来的，这是我们自己的决定。就算我们因此死了，也不怪你。"

要是罗塔话能说得更流利就好了，書达很懊恼。

唐达抱着齐基萨看着墙壁。听斯发鲁说的时候他没有感觉，现在才意识到阿思拉真的很危险。

巴尔萨！唐达在心里低喃。为了救他们，巴尔萨此刻肯定在前往吉坦的路上。

西哈娜的陷阱和阿思拉，巴尔萨面临着两个危险。在她抵达吉坦前，一定要见她一面。唐达心里想。他一动不动地盯着牢房的墙壁看了很久。

在令人窒息的牢房里，白天慢慢过去，夜晚来临，"壶牢"里只剩透气孔附近有一丝微弱的亮光。夜幕深沉，唐达陷入深深的无力之中，备受煎熬。

"要不试试离魂术吧。"听着齐基萨的呼吸声，唐达犹豫着。西哈娜精通咒术，或许早已设下"结界"防止他使用离魂术。一旦陷入"结界"，魂魄被西哈娜控制，他就会变成只会呼吸的"活死人"。

"可就这么待着，也不是办法。我得赶快见到巴尔萨！"

如果能顺利避开西哈娜设下的"结界"，对看守的人施法，或许就能逃出去。唐达决定赌一把，试试离魂术。就在他下定决心准备施展咒术的时候，突然听到牢房顶盖被打开的声音。

唐达吃惊地抬头往上看，落下来的细泥掉到他眼睛里。细泥顺着眼泪流了出来，唐达揉着眼睛，一条绳子"啪"地掉到了他膝盖上。

"让开，别挡在中间。"有人小声说了一句。

唐达和被吵醒的齐基萨刚爬到墙边，一个人就跳了进来。他从怀里取出一个东西，点起火。微弱的火光照亮了男人的脸。

"斯发鲁！"

斯发鲁连忙伸手示意唐达不要说话。

他竖起耳朵听了听外面的动静，把绳子递给唐达，用约格话小声说：

"我是来救你的，顺着这根绳子爬上去。快！"

"齐基萨呢？你能把他也救出去吗？"

"不，齐基萨要留在这里。"

唐达放开绳子说：

"那我也不走！"

斯发鲁急忙把绳子又塞回唐达手里，用罗塔话说：

"听着！西哈娜绝对不会伤害齐基萨。相信我！我终于知道她的计划了。"

斯发鲁顿了顿，看着齐基萨。

"西哈娜回来以后，就会把他放出去。她不但不会杀齐基萨，还会好好招待他。"

说完，斯发鲁把目光转向唐达。

"可你一定会被杀死。西哈娜会想尽一切办法把齐基萨留在身边。如果带着他逃跑，西哈娜和她的同伴一定会全力追击。光靠我们俩，根本不可能逃脱追踪。"

沉默在黑暗中蔓延。

"你走吧，唐达。"

齐基萨小声却坚定地说。

"我没事。你一定要逃出去！如果……万一……"

齐基萨说不下去了。唐达知道他想说什么。他伸出手，按着齐基萨的肩膀说：

"好，我走。我也不忍心把你一个人留在这里。我出去找阿思拉，我一定会尽全力救她。你一定要坚持住！"

齐基萨握紧唐达的手。

斯发鲁用罗塔话说：

"你一定能见到你妹妹。西哈娜，也就是我的女儿，她会说很多你爱听的话。齐基萨，你一定要好好想想，塔鲁人为什么长久以来主动隐居避世，祭司们为什么把《圣典》一代代传诵下来，然后再决定要不要相信西哈娜的话。"

"什么意思？你能说得更明白些……"

斯发鲁打断齐基萨的话：

"如果有时间，我也想跟你慢慢解释，可是没时间了。唐达，快往上爬！"

唐达再次紧握了下齐基萨的手，然后抓住绳子，脚踩着墙壁一步步地爬了上去。越接近洞口，潮湿的青草味越浓。

他的手抓住洞口边缘时，一只有力的手抓住他的手腕，使劲往上一拉。唐达吓了一跳。男人没理他，迅速抓住斯发鲁那根绳往上拉。

环视四周，唐达发现自己在河堤上。原来，在牢房里听到的是潺潺的流水声。

河堤被枯草掩盖，与河面之间形成一个很陡的斜坡。河流两岸点点灯火，冰冷的空气中有一股淡淡的烟火味。

有人正沿着河堤从远处往这边走。斯发鲁从唐达身后跳出来，看清走过来的人是谁后，紧张地说：

"看守的人回来了，快走！"

唐达牙齿咯咯作响，斯发鲁抓起他的手，拉着他沿河堤往下滑。

他们从冰冷的枯草上滑过，来到岸边。河上漂着一只小船。刚才拉了唐达一把的男人先跳上船，又帮着唐达上了船。斯发鲁熟练地解开系在岸边树上的缆绳，跳上船。男人屈膝蹲在船尾，手里握着一根细木棍做船舵；斯发鲁单膝跪在船头，手握船桨。

小船在水中像鱼一样灵活。斯发鲁与男人配合默契，轻轻划动船桨，转动船舵。小船在水面上滑过，顺流而下，几乎没有发出声音。

不久，两岸的灯光消失在身后。斯发鲁开口说：

"这条河叫拉瓦鲁河。刚才的灯光是从卡夏鲁家的烟囱透出来的。我母亲的远房亲戚住在那个村子里。村长很年轻，叫卡发姆，是西哈娜的表哥。

"西哈娜很聪明，自认为她无所不知。可惜，年纪大的人有年轻

人不知道的过去，我也有很多西哈娜不认识的朋友。"

斯发鲁得意地笑出声。

"她要是知道我跑了，会很吃惊吧？"

斯发鲁的笑声飘散在寂静的夜空中。

第　二　章

圈套

巴尔萨回到客栈的房间。阿思拉已经睡着了，她把自己从头到脚都裹在毛毯里。

　　巴尔萨坐在床上，拔出长枪，检查枪头。傍晚，她把长枪送去研磨了。那个工匠手艺很好，枪头在炉火的照耀下闪着寒光。

前往贸易市场

遭遇狼群袭击的恐怖夜晚过去了，天气放晴。草原不见了，眼前是白茫茫的一片雪原。

拂晓时分，狼口逃生的纳卡等人终于能够睡上一觉。只是，这一觉噩梦连连，以致天亮后他们还靠着牧民小屋墙角的货物昏睡着。

阿思拉和米娜发起烧来。玛罗娜等人彻夜照顾她们，用冰凉的布给她们擦汗。

巴尔萨左手被尖利的狼牙咬破，留下了一道很深的伤口。处理完伤口，她躺在床上，久久不能入睡。

过去，即使与人以性命相搏，在危险过后，她也能马上恢复平静，一觉酣睡到天明，因为她的身体早已习惯了这样的生活。可这次不知为什么，她的心里就像压了一块冰冷的泥块，怎么也睡不着。

一闭上眼，她眼前就浮现出阿思拉的笑容，那眼底闪着光的狂热的微笑。好不容易睡着，她又一次次梦见那阵温暖的风、闪闪发光的獠牙和阿思拉的微笑。

早晨醒来后，梦里的情景仍困扰着巴尔萨。

牧民们黎明时分就起床去干活儿了，只剩纳卡商队的人还躺在昏暗的屋子里。

哐当一声，门被打开，另一个商队的头领连恩走了进来。

"咱们运气不错，地面已经结冰了。"

连恩的声音在屋子里响起。他坐到纳卡身边，降低音量说：

"这样车轮就不会陷到雪里了。今天早晨出发的话，应该能赶在下一场暴风雪来临前到达托鲁安对面的贸易市场。我们决定要走，你们呢？"

纳卡面色土黄，考虑了一阵，最后点了点头。

"我们也……走。"

他的声音很犹豫。出发前要给马换上防滑的马蹄，给马车车轮安上防滑链……有很多事要做，可纳卡商队的男人们因为昨晚的事都很疲惫。

"好，这样最好！我知道你们很累，可错过了这个机会，接下来可能更麻烦。

"放心吧，我们这一队都是男人，有的是人手。换马蹄的事就交给我们，你们把马车弄好就行。"

"实在抱歉。这份恩情日后一定偿还。"

连恩豪爽地拍了拍纳卡的肩膀。

"好啊，我等着！"

连恩离开后，纳卡等人开始做出发前的准备。

巴尔萨蹲在熟睡的阿思拉和米娜身旁，看着她们。因为发烧，两个人的脸蛋红扑扑的。她们睡得很熟，呼吸不像夜里那么急促，平静多了。

"一会儿把她们抱到马车上去就行了。"

玛罗娜轻声说。巴尔萨点点头，感射她照顾了阿思拉一夜。

玛罗娜疲惫的脸上露出一丝笑容。

"昨天夜里，"她喃喃地说，"我心想完了，大家肯定难逃被狼吃掉的命运。现在我还是觉得很不可思议，真是太好了！"

纳卡和其他人没说昨天夜里在森林里发生了什么事，因为他们不知道该怎么说。他们只看见一道光像旋刃一样杀死了那些狼。

阿思拉很幸运，他们没看见是她在操纵那道光。当时情况混乱，他们命悬一线，事情又发生在电光石火间，所以没人看清狼是怎么死的。

巴尔萨对玛罗娜点点头，站起身。

走出屋子，巴尔萨去找连恩商队的护卫辛亚。辛亚背靠墙壁，正在看地图，看到巴尔萨，向她挥了挥手说：

"昨晚辛苦了。伤口怎么样了？"

沉默寡言、面无表情的辛亚破天荒地关心起巴尔萨。巴尔萨伸出左手，解开布条，把刚缝合好的伤口给他看。巴尔萨说：

"手筋没断，没什么事，过两三天应该就能动了。在那之前，我只能守护商队的右翼了。抱歉！"

辛亚点点头。

"那我来负责左边。"

辛亚用下巴指指地图，接着说：

"顺利的话，我们今晚就能到贸易市场。问题是四天以后怎么办。"

巴尔萨点点头说：

"是啊。夏哈鲁山道经常有强盗出没。"

贸易市场是一个商队聚集的驿站，四周高墙围绕。定期在这里做生意的商队，一起出钱雇了很多护卫，建起这个让各国商队和当地人能够安心做买卖的地方。

问题是商人们在这里做完生意，前往下一个位于托鲁安的贸易市场时，要经过夏哈鲁山道。

这条山道十分狭窄，两边悬崖林立。强盗往往先从悬崖上往下射箭，然后再骑马狂奔而下，很多商队命丧于此。

这里由罗塔王国的夏哈鲁氏族管辖，为了保证商队的安全，他们会派武士护送商队通过夏哈鲁山道。不过，不知为何，强盗经常能趁着护卫松懈之际偷袭成功。

坊间盛传夏哈鲁氏族的族长收了强盗不少钱，所以睁一只眼闭一只眼。还有传言说，很多强盗出身于夏哈鲁氏族，有些强盗还和族长有血缘关系。

因此，有些商队给族长送钱送东西，以换取保护。有些商队运气好，碰上同行的商队，就一起出钱多请几个护卫，一起行动。

"最好能和别的商队一起走，应该还有别的商队被这场暴风雪打乱了计划。"

巴尔萨和辛亚设想了可能遇到的各种情况，拟订了相应的防卫计划。在这个过程中，巴尔萨逐渐摆脱了噩梦的困扰。

纳卡和连恩的商队穿过贸易市场高高的正门时，已是午夜时分。他们在熟悉的客栈住下，卸下货物，泡了个澡。吃完饭，大家都已经累得不想说话了。

在贸易市场，商队不需要护卫。接下来的两天他们将在这里买卖毛皮，巴尔萨和辛亚因此得以休息两日。

护卫住的客栈在城墙旁边。巴尔萨背着还没退烧的阿思拉，走进给她们安排的房间。屋里有两张床，挨着两边的墙。两张床中间有一张饭桌。屋里的摆设很简单，床上铺着毛毯，地上还有一个火炉。

巴尔萨把阿思拉放到床上，阿思拉睁了一下眼，又陷入了昏睡。屋里很冷，虽然巴尔萨给阿思拉盖上了厚毛毯，可她还是浑身发抖。

"我马上就生火，你再忍耐一下。"

阿思拉似乎没有听见巴尔萨的话。

巴尔萨把炉膛里的火种拨出来，摆上干柴。不一会儿，火苗燃烧起来。巴尔萨伸手在火炉上烤火，盯着摇曳的火光。

她在这家客栈住过很多次。小时候，她也像现在的阿思拉一样，先躺上床，裹着毛毯，冷得浑身发抖，等着吉格罗生火。

观察了一会儿，确认烟囱没堵上，烟能排出去，巴尔萨才脱下外衣，躺到床上。夜阑人静，隐约有笛声传来。笛声有些悲伤，伴着幽幽的笛声，巴尔萨进入了梦乡。

天还没亮，巴尔萨被阿思拉的哭声、说话声吵醒。

"妈妈，妈妈！不！不要杀妈妈！"

阿思拉做噩梦了。她痛苦地呻吟着，一边哭一边扭着身体。巴尔萨走到阿思拉身旁蹲下，摸着她被汗水打湿的头发。

"别害怕！你只是在做梦，快睁开眼，阿思拉。"

阿思拉没有睁眼，深吸一口气后，松开了紧握的双拳。随后，她翻了个身，静静地睡去。

西侧的墙上有一扇打开的小窗户。透过小窗，巴尔萨看见天色已微明。看着阿思拉的脸，巴尔萨陷入沉思。

"不要杀妈妈？"

她和唐达从斯发鲁那儿听说了发生在辛塔旦牢城的惨案。斯发鲁说，尸体以那个女人被处死的位置为中心，呈放射状分布，好像有人挥舞着巨大的镰刀杀死了那些人。

他们是怎么被杀的？现在，巴尔萨能够清楚地描绘出那个场景了：伴着一阵暖风，闪闪发光的獠牙从阿思拉的身体里飞出去，杀死了那些人——那些围观她母亲被处死的人。

彻骨的寒意在巴尔萨心底蔓延。

如今，巴尔萨终于知道斯发鲁为什么要杀阿思拉了，一个极其可怕的东西寄居在这孩子身上。

阿思拉两颊残留着泪痕，嘴巴微微张着，睡得很沉。她还那么小，看起来那么天真无邪。

一股悲伤涌上心头，巴尔萨咬紧了牙关。

人们常说有掌管命运的神。如果真有这样的神，为什么要让这个孩子的命运这么悲惨？

巴尔萨坐在自己的床上，把长枪立在两膝之间，头靠长枪，闭上双眼。

"光保住这个孩子的命救不了她。"

巴尔萨就这样一动不动，一直坐到清晨。

天亮了，阿思拉还没醒。巴尔萨并没有太担心，上次她也像这样沉睡了许久。巴尔萨知道她不久就会醒。

巴尔萨到客栈的食堂去吃早饭。早饭是用刚挤出来的牛奶煮的甜麦粥。吃完早饭，巴尔萨把阿思拉那份装在碗里，往回走。走到门口，她听见屋里传出说话声。

一进屋，坐在阿思拉床上的米娜冲巴尔萨挥挥手。

阿思拉已经醒了，坐在床上。

"醒啦，感觉怎么样？"巴尔萨问道。

阿思拉睡眼惺忪，笑着说：

"我没事了，只是头还有点晕。"

"肯定是因为发烧，我刚醒来的时候也是这样。"

米娜学着妈妈玛罗娜的口吻，像个小大人似的说。看见巴尔萨放在桌上的碗，米娜问道：

"那是阿思拉的早饭吗？"

"是的。你吃过早饭了吗？"

米娜掀开盖子，看了看碗里的东西说：

"我吃过了。咦？里面怎么没有萨卡？我们的早饭里明明有的啊！"

巴尔萨笑了笑。

"你们住的客栈比较贵，饭菜也会好一些。"

"哦，是这样啊。阿思拉，如果午饭有点心，我拿过来给你吃。"

阿思拉摸摸米娜的头发说：

"谢谢。那我等着。"

米娜咯咯直乐，抱紧阿思拉。

"狼真可怕！刚才妈妈把我骂了一顿，说我差点儿就被狼吃掉了。是谁救了我们啊？阿思拉，你看见了吗？是谁杀了那些狼啊？"

阿思拉轻轻推开米娜，看着她的眼睛说：

"肯定是神救了我们！你拼命祈求神'救救我爸爸'，神听到了。"

阿思拉看了巴尔萨一眼，冲她笑了笑。

巴尔萨没有笑，一个念头像闪电一样击中了她。

"原来如此！阿思拉认为'那个东西'是神！"

阿思拉是个体贴、温柔的孩子，为什么杀了那么多人却一点儿也不愧疚？巴尔萨一直想不通这一点。

就算是为了自卫，杀人的记忆也会刻在灵魂深处，连同那股血腥味。不管你有多么正当的理由，痛苦和后悔都将如影随形，挥之不去。

如果阿思拉认为是神听到她的祈求来救她，就不会有罪恶感。因

为做出判决的是神，不是她。

阿思拉眼中满是平和、温柔的笑意。她相信是神杀死狼，救了自己，更加坚信神无论什么时候听到她的召唤，都会来帮她。现在的她无所畏惧，觉得轻而易举就能救出哥哥，整个人都松了一口气。

一股寒气从巴尔萨心底升起。看到阿思拉杀死最后一只狼，一脸微笑地站在那里时，巴尔萨也是这种感觉。

绝对不能让阿思拉再召唤"那个东西"！绝不能让她再杀人！

"当你真正懂得杀了人是一种什么感觉，一切就都晚了。再后悔也于事无补。痛苦将深入骨髓，一辈子纠缠着你。

"你用长枪指着别人的同时，也是在用长枪指着自己的灵魂。"

她真正切身体会到吉格罗说的这些话，是在手持长枪与人搏斗之后。巴尔萨吐了，她手里残留着刺伤人的感觉。当这种感觉和倒在地上的男人身上丑陋的伤口产生关联时，巴尔萨痛苦地吐了。

阿思拉还小，现在她或许会觉得是神听见她的祈祷救了哥哥，可总有一天她会明白，杀人的虽然是神，求神这么做的却是她。

不能让这个孩子的双手再沾染鲜血了！巴尔萨心想。

没有人比巴尔萨更清楚，只有不断伤害别人才能活下去是一种什么样的感觉。

巴尔萨想起吉格罗，他把亲手为年幼的自己打造的长枪交给她的时候，一脸的悲伤。现在的她终于明白吉格罗为什么那么难过。因为他知道，从今以后巴尔萨将手持长枪，一生与杀戮为伴。

那个时候，她不明白吉格罗的苦心，接过长枪时还满心欢喜，现在的她虽然觉得无比厌恶、后悔，却还是无法舍弃这柄长枪。

我心里有一只比狼更好斗的野兽。巴尔萨心想。

就算她想要抑制，这只野兽也会不停地催促她挥舞长枪去战斗。

可是，阿思拉不喜欢长枪，喜欢散发着花香味的衣服。她和自己不一样，心里没有那种丑陋的欲望。如果不是被那个可怕的东西附身，她的人生道路本应平静无波。

"一会儿大人们会带我去贸易市场。阿思拉，你也一起去吧！"

米娜雀跃的声音让巴尔萨回过神来。米娜的话似乎让阿思拉很动心，不过她马上又摇摇头，或许是想起自己不便在人多的地方走动吧。

"我总觉得身体还有点不舒服。"

"是吗？真可惜。那你多睡一会儿再去吧。这里的市场有很多有意思的东西哦！"

阿思拉抬头看看巴尔萨。巴尔萨努力用平静的口吻说：

"晚点我带阿思拉去。正好我也要去市场办点事。"

阿思拉的脸上顿时有了光彩。

米娜神采奕奕，一点儿也看不出昨晚发了烧。她朝她们挥挥手，走了出去。阿思拉马上问巴尔萨：

"我真的可以跟你一起去市场吗？"

"别担心。这里是贸易市场，外来人口比罗塔人多，也有塔鲁的猎人来卖毛皮。"

"如果被那个叫斯发鲁的人发现了呢？"

"反正他们已经知道我们的目的地了，我们再躲躲藏藏也没用。要是斯发鲁的同伙能出现更好，我想知道他们打的什么主意。"

巴尔萨坐到床上，用手指指着那碗粥，示意阿思拉喝了它。阿思拉本来没什么胃口，喝了一口以后发现很好喝，便大口大口地喝了起来。

看着阿思拉，巴尔萨努力让心情不那么沉重。这两天的假期非常宝贵，她要在这两天里尽可能多地打听一些关于斯发鲁的消息。

所幸这里是贸易市场，不仅能买卖物品，也能买卖消息。

"万事通"塔吉鲁

出发前往市场前，巴尔萨和阿思拉用修玛把脸裹得严严实实，只露出两只眼睛。从雪原上吹来的风虽然被城墙挡住了，可空气还是像冰一样冷。路上的行人都是这副打扮，所以她们这么打扮并不奇怪。

被城墙包围起来的贸易市场有一个小镇那么大，类似坎巴的"乡"。城墙边上有许多客栈，城中心有一座很大的建筑。从外面看，它像一只倒扣着的大碗。

市场就在这个建筑里。这里雪季漫长，为了一年四季都能做生意，商队头领和当地的商人共同出资，修建了这个室内市场。再往南去，到离吉坦城堡不远的托鲁安，还有一个比这里更大的室内市场。不过，对于生平第一次见到室内市场的阿思拉来说，这里已经够大了。

巴尔萨牵着阿思拉的手，从洞开的正门走进去。踏进市场的瞬间，阿思拉惊讶得目瞪口呆。天顶由复杂的木架结构组成，几根粗壮的圆柱支撑着上面的穹顶。市场没有被隔成一个个小房间，放眼望去是一个个摊铺。

耳边传来嗡嗡的声音：市场里的商人召唤客人的声音、客人讨价还价的声音，这些声音经过墙壁的反射形成回音。屋顶开着几扇采光用的窗户，白光从窗户射进来，空气中隐约可见飞扬的尘土。

有的摊铺卖蔬菜、干果、谷物、肉类等食物，有的摊铺支着油锅，卖油炸食品。

对面是兵器摊。再往前走几步，走到闻不到小吃店味道的地方，就是一排卖毛皮的小摊。

阿思拉看到躲在通道尽头不起眼的地方卖毛皮的塔鲁人，心跳快了起来。有许多塔鲁人在这里卖自己捕获的动物的毛皮。

"爸爸也像他们那样卖过毛皮。"

几个塔鲁女人正蹲在地上摆放毛皮。其中一个女人裹着头巾，阿思拉看不清她的脸，但可以感觉到她看见自己吃了一惊。

巴尔萨快步往前走，阿思拉跟着她默默从塔鲁人身旁走过。身后有几道灼热的目光一直盯着她。

巴尔萨也注意到了身后的视线，她装作没看见，因为她不确定现在和塔鲁人扯上关系是好是坏。就算要跟他们打听消息，也要等入夜后找一个能避人耳目的地方再说。

巴尔萨往摆着屏风，挂着长枪、剑等兵器的角落走去。那里几乎没有人摆摊，安静得出奇。这个摊铺的氛围和别的摊铺不同，让人犹豫该不该进去。

走进这个摊铺，首先映入眼帘的是一个屏风。屏风后面很宽敞，屋子中央生着火炉。一个男人坐在木头长椅上悠闲地喝着奶茶，抽着烟。

里屋的门上挂着一块亮色的布，与外面的氛围格格不入。屋里传出有节奏感的"嚓嚓嚓"的声音。

男人抬起头看着她们，阿思拉不禁抓紧巴尔萨的手。

男人的皮肤是深褐色的，脖子、手腕都很粗壮。不同于他悠闲的状态，他的眼神很犀利，令人不敢小觑。

巴尔萨一点儿也不害怕，摘下修玛。

"哟，这不是长枪手巴尔萨吗？好久不见！"

男人的声音很低沉。

"好久不见。你看起来过得不错，'万事通'塔吉鲁。"

被巴尔萨叫作"万事通"塔吉鲁的男人微微一笑。

"请坐。"塔吉鲁指了指椅子。他目不转睛地盯着阿思拉，说道："你女儿？不太可能吧。难不成是私生女？"

"开什么玩笑。"巴尔萨没理会他。她让阿思拉坐下，然后自己也坐下。

"虽说她把脸遮上了，但我估计你也看出来了，她是塔鲁人。塔吉鲁，你开这种玩笑，不过是想多争取点时间，好想想怎么把消息卖给我们。"

塔吉鲁笑了笑。

"你还是那么聪明。"

笑容从塔吉鲁脸上消失。他严肃地说：

"你现在可是众矢之的。这次又惹了什么麻烦？"

巴尔萨耸了耸肩。

"我自己也不知道到底是谁死盯着我不放，正发愁。你能告诉我'猎犬'是谁吗？"

塔吉鲁摸摸下巴上的胡子。

"可以是可以，不过……"

巴尔萨突然笑出声。阿思拉惊讶地抬头看着她。

"你可真贪心。我们一走，你不就会把我们的消息卖给'猎犬'，大赚一笔吗？"

塔吉鲁笑着说：

"话虽然这么说……我对你和吉格罗真是又爱又恨，到底还是你们对我的恩情更大。"

说完，塔吉鲁认真起来，低声说：

"跟我打招呼的是这里的氏族族长的二儿子。他说一旦有个使长枪的女人带着一个塔鲁小姑娘出现，就马上通知他。"

意外的消息令巴尔萨皱起了眉头。为什么会和夏哈鲁氏族族长的二儿子扯上关系？巴尔萨脊背不禁一凉。就像想拔草的人意外地发现草根深入地底一般。

敏锐的塔吉鲁看见巴尔萨的表情，低声说：

"对手不是你猜想的人，对吗？"

巴尔萨一边思考一边点头。

"嗯，你说得很对。我一直以为对手是咒术师。"

"咒术师？"

这次轮到塔吉鲁感到意外。

"你知道一个叫斯发鲁的人吗？个子不高，武艺精湛，四十多岁，肩膀上经常站着一只马罗鹰。"

塔吉鲁想了想。

"我不认识这号人物。不过要说身材矮小的咒术师，我倒是知道。我想你说的应该是'大河之民'。"

"大河之民？"

"他们聚居在玛拉鲁河和拉瓦鲁河沿岸的河堤一带，身材矮小，擅长驯化野兽。如果谁被恶鬼缠身，或是被诅咒了，可以出钱请他们来帮着消灾解难。怎么？这个塔鲁妮子被恶鬼缠身了？话说回来，塔鲁人和恶鬼本来就是亲戚。听说有的塔鲁人的母亲是恶鬼，父亲是人。"

阿思拉"唰"地抬起头。听见爸爸和妈妈被侮辱，一股怒气冲上她的心头。

"哟！像个小大人似的瞪着我。小妮子还挺有气势的嘛。"

巴尔萨被阿思拉身上散发出来的杀气震惊了。阿思拉身上从来没出现过这么暴戾的气息。

巴尔萨把手放在阿思拉肩上，轻轻瞪了塔吉鲁一眼。

"这是该跟孩子说的话吗，塔吉鲁？这个孩子现在是我的养女，侮辱她就是侮辱我。"

巴尔萨的语气很平静，但其中暗含的威慑力却让塔吉鲁缩了缩肩膀。

"开玩笑的，你别生气。"

这时，从布帘后面传来了嘶哑的声音：

"你开的玩笑太低俗了。"

一个胖墩墩的老妇人掀起布帘走了出来。她的脸色红润，一只手拿着壶，另一只手握着搅奶棒。她们刚才听见的"嚓嚓嚓"的声音，就是她制作拉发出的声音。

"老娘，不是跟你说不要在店里做拉吗？你干吗不在家里做啊！"塔吉鲁一脸烦躁地说完，冲着巴尔萨叹了口气，"真受不了她！每天都一边做拉一边偷听，从早到晚'嚓嚓嚓'的，真烦人。"

塔吉鲁的母亲"哼"了一声。

"拉是有耳朵的。多说些有意思的事给它听，它的味道就会更好。"

"是吗？在这儿能听到的都不是什么好话，你的拉肯定不好吃。"

塔吉鲁的母亲皱起和儿子一样粗的眉毛，冲阿思拉招了招手。阿思拉吓了一跳，不知所措。塔吉鲁的母亲又大声说：

"过来，我请你喝拉亚。我儿子说的那些话你别往心里去，我替他道歉。"

阿思拉瞄了巴尔萨一眼。巴尔萨点点头，她才怯生生地走近老妇人。老妇人熟练地打开壶盖，把奶上面凝固的拉舀到盛满水的小桶里，把壶里剩下的拉亚倒进木碗里。

阿思拉喝了一口稠糊糊的拉亚，惊喜地睁大了眼睛。妈妈每次做拉都会给她喝拉亚，可这是她第一次喝到这么好喝的拉亚，它散发着一股独特的味道，香香甜甜的。

看见阿思拉的表情，老妇人笑了。她很快用水洗了一下拉，把它盛到盘子里，又加上一点盐，一边揉一边自豪地笑着说：

"好喝吧？我加了特制的香料。"

老妇人看向巴尔萨。

"好久不见啦，长枪手巴尔萨。你看起来过得不错。"

"好久不见，卡侬娜。您还是这么年轻。"

卡侬娜抬头哈哈大笑道：

"你真会说话。不过，除了这一点，我也没什么值得一提的地方了。对了，你就算问我儿子也打听不到什么有用的消息。他在这行还太嫩。"

"你说什么？！"

被塔吉鲁瞪着，卡侬娜仍是一副"我没说错"的表情。

"你竟然连'操控鹰的斯发鲁'都不知道，还早着呢。"

巴尔萨惊讶地看着卡依娜。

"您知道斯发鲁？"

卡依娜微微一笑，把儿子往旁边挤了挤，一屁股坐在长椅上。

"你知道我还没嫁人的时候住在哪儿吗？"

巴尔萨没说话。卡依娜满眼的自豪。

"我年轻的时候，在吉坦城堡里当厨娘，生这小子的时候都做到厨师长了。"

塔吉鲁兴味索然地小声说：

"巴尔萨，你小心，这话说起来可就长啦。"

卡依娜白了他一眼。

"我跟那些大白天就开始想当年的老头子可不一样。我会挑重点说。

"众所周知，吉坦城堡是历代王爷居住的地方，是罗塔王国第二大城市。因为是王族居住的城堡，规模自然比氏族族长住的城堡要大得多。

"我从六岁开始就在那里工作，一直干了五十年。城堡的厨房可是各种流言的集散地。塔吉鲁能够以贩卖情报为生，还不是多亏了我的人脉。"

塔吉鲁虽然一脸不高兴，却没有插嘴。卡依娜回忆起往事，一脸怀念的表情。

"丈夫去世以后，我一个女人独自抚养年幼的塔吉鲁。那时，我经常到酒馆和那些五大三粗的男人拼酒，从他们那儿打听消息。

"我就是在那个时候遇见你的养父吉格罗的。你还记得吗？"

巴尔萨脸上露出苦笑。看卡依娜现在胖墩墩的样子，很难想象年轻时的她是个容貌姣好、身材高挑、性格豪爽的大美人。巴尔萨到现在还记得那个高声大笑，大口喝酒，精明地和人交换情报的卡依娜。

"我还记得那个时候和吉格罗一起喝酒的情景。你瘦巴巴的，可一双眼睛特别有神。能亲眼看着你成长为一名优秀的护卫，真是件有趣的事。"

卡依娜用胖胖的手支着膝盖，探出身子，小声说：

"塔吉鲁这家伙小气得很，故意装作不知道。看在咱们过去的交情上，我就告诉你吧。'大河之民'表面上是咒术师，实际上还有一个身份，他们是王族的密探！

"连那些有权有势的氏族族长都很怕他们。我在吉坦城堡里碰到过他们几次。他们说是来为王爷占卜吉凶的，以免王爷被诅咒。可把几件事情联系在一起，一想我就明白了。"

巴尔萨想起他们的追踪技巧，深有感触地点了点头。就像新约格王国的国王背后的"影子武士"一样，斯发鲁等人也是和王族关系匪浅的"影子武士"。

"原来如此。不过，这件事为什么会和氏族族长的二儿子扯上关系呢？"

巴尔萨喃喃自语。卡依娜听到她的话，眼睛一亮。

"就是想跟你说这件事，我才出来凑热闹的。

"巴尔萨，你对罗塔王国了解多少？你知道伊翰殿下在北部有多

受百姓爱戴吗？"

巴尔萨歪着头想了想。

"我听说南部的大领主很讨厌他，不过他根本不怕他们，很大胆地推进改革。"

卡依娜一副"你说得太对了"的表情，点点头说：

"正是如此！上一代王爷逝世后，伊翰殿下当上了城主，我很了解他是一个多么好的人！

"你来罗塔这么多次，应该知道我们北部人很讨厌南部那些家伙吧？他们不过是运气好，占了南部有肥沃土地的便宜，才能什么都不干就过上富裕的生活，有什么了不起的！

"我们北部人多勤快啊，在这片一到冬天就下大雪、不时还有狼群来袭的贫瘠的土地上，咬紧牙关努力奋斗。

"巴尔萨，你不觉得付出就应该有回报吗？伊翰殿下说的都是实话。所以北部氏族的人，尤其是年轻人，都狂热地支持伊翰殿下。"

说到这儿，卡依娜一改热切的语气，严肃地看着巴尔萨。

"巴尔萨，你为什么要和伊翰殿下作对？"

"啊？"

这个突如其来、莫名其妙的问题让巴尔萨不禁"啊"了一声。这个反应似乎帮了她。看到巴尔萨下意识表现出来的惊讶，卡依娜抱着胳膊说：

"你没有和他作对？"

"别说作对了……"

巴尔萨把手搭在阿思拉肩上，说："我都不知道究竟发生了什么。简言之，我被追杀是因为从斯发鲁手里抢了这个孩子。我不知道斯发鲁为什么要杀她，但我不忍心眼睁睁地看着她被杀。"

卡依娜看着阿思拉，脸上的表情有一丝苦涩。

"这到底是怎么回事？我知道斯发鲁这个人虽然顽固，但不会滥杀无辜。巴尔萨，我想你这回肯定管了不该管的闲事。

"不过，我也能理解你不忍心看着这个孩子被杀的心情。因为你也是孤儿，所以才没法扔下这个和你有一样遭遇的孩子不管。你这个人呀，太幼稚了，表面上看起来很可怕，在这方面就……"

阿思拉听到这些话，心里一惊。当初，巴尔萨说她有个养父叫吉格罗的时候，阿思拉就猜她是个孤儿，原来果真如此。

被人说"幼稚"的巴尔萨耸了耸肩。

"是啊。不过人家有难的时候你不理睬，等你有难的时候，也没人搭理你。"

卡依娜不禁笑了笑说：

"说得好！"

然后，卡依娜表情一紧，摸了摸下巴，嘟囔道：

"伊翰殿下想方设法保护塔鲁人。在殿下这么多年来的努力下，就连我这种无知的人都改变了对塔鲁人的看法。所以，他绝不会因为这个孩子是塔鲁人，就命斯发鲁去杀她。"

卡依娜陷入沉默。这时，塔吉鲁开口说：

"老娘，你是因为族长的二儿子狂热地支持伊翰殿下，才认为巴尔萨做了对不起伊翰殿下的事吧？

"我起初也是这么想的，所以巴尔萨问我的时候，很多事我装作不知道。不过，从刚才开始我觉得事情有点奇怪。"

卡依娜一言不发地看着儿子，用眼神催促他往下说。

"那个老二不像是担得起这种重任的人。你应该也知道，那家伙既贪婪又卑鄙。他嘴上说支持伊翰殿下，其实一点也不关心政事，还和强盗勾结。"

卡依娜点点头。

"的确很奇怪。斯发鲁不可能和强盗同流合污。他们根本不是一路人。"

听到这句话，巴尔萨脑海中突然闪过一个想法。

"什么时候来着？我也有过这样的感觉。"

巴尔萨眯起眼睛。

"对了！是收到那封让我去吉坦祭城的信的时候。"

故意找人冒充唐达来骗她的做法，恶意满满。

虽然和斯发鲁相处的时间很短，只说过几句话，但她觉得斯发鲁不是那样的人。就像卡依娜说的，这么做的人"和斯发鲁根本不是一路人"。收到那封信时，她脑海里也出现了这样的想法。

巴尔萨默默听着母子二人的对话。就连对这一带的情况十分了解的卡依娜和塔吉鲁也没能得出一个明确的结论。

不过，这一趟还是大有收获的。虽然没弄清对手的真面目，但她至少已经知道对手很强大。先弄清敌人是谁，才有可能保住性命，活下去。

巴尔萨一边从怀里取出钱袋，一边问他们：

"你们认识身手好、人品好，目前手头又没有工作的护卫吗？"

既然知道自己被人盯上了，就不能再给纳卡他们添麻烦，必须在这里跟他们分道扬镳。按规矩，她要支付违约金，同时再给他们介绍一个好护卫。

塔吉鲁摸着下巴想了一会儿说："萨哈鲁不错，他使长剑，人也很好相处。"接着把萨哈鲁的住处告诉了巴尔萨。

巴尔萨付了钱，向他们道谢后，站了起来。塔吉鲁轻轻举起手：

"不用谢，我会把你的消息卖给别人的。"

塔吉鲁直勾勾地看着巴尔萨，没有一点不好意思。巴尔萨点点头说：

"一定要卖个好价钱啊。用这笔钱好好孝顺卡依娜。"

卡依娜笑着挥挥手。

谁也没有说"再见"。不管是塔吉鲁这样的消息贩子，还是巴尔萨这样的保镖，都不会轻易许诺未来。似乎一旦说出那样的话，命运就会嘲弄他们。

走出塔吉鲁的店，巴尔萨闲逛起来。她走到一家点心店前，买了两份加了很多拉的点心和两杯奶茶。她带着阿思拉走到角落里的休息处，那里摆放着许多长椅。

休息处一个人也没有，远处不时传来喧闹的声音。

阿思拉拿着点心，抬头看着巴尔萨，问了一个她很担心的问题：

"巴尔萨，他们真的会把我们的事告诉别人吗？"

巴尔萨点点头说：

"嗯，今天之内就会传出去吧。他们母子俩做的就是这个生意。"

阿思拉顿时觉得嘴里残留的拉亚的味道变得苦涩起来。

"出卖老朋友的命挣钱，他们怎么做得出这样的事呢？"

巴尔萨脸上露出苦笑，她很理解阿思拉的心情。在少女时代，她也这么想过。

"也许你觉得他们贪婪、狡猾，可他们已经对我非常好了，照规矩他们是不能告诉我把消息卖给谁的。"

巴尔萨把盛奶茶的碗放到长椅子上，双手握住阿思拉瘦弱的肩头。

"他们能做的就是提醒我敌人是谁，让我小心。接下来全靠我们自己了。"

感受到肩膀上巴尔萨双手的重量和温度，"巴尔萨……"阿思拉欲言又止。

巴尔萨挑高一边眉毛，示意她说下去。阿思拉红着脸飞快地说：

"你对自己真有自信！我也想变得像你一样。"

巴尔萨有点儿吃惊，她说："自信……和自信还不太一样。"

哪是什么"自信"，巴尔萨心想。

自从像大树一样为自己遮风挡雨的吉格罗死后，这么多年来，巴尔萨一直孤身一人浪迹天涯。她靠当保镖为生，死亡如影随形，时刻伴随左右。不知道从什么时候起，她学会了"认命"。

刚开始一个人当保镖没多久，她就被自己信任的人无情地背叛了。那个男人是巴尔萨在保护一个大商队时的同伴。强盗来袭时，男人用她做诱饵，保全了商队。

身负重伤，倒在地上，差点死掉的时候，巴尔萨心想：

依赖别人就会变得软弱。因为痛苦而暴露自己的缺点，就会被别人抓住软肋。自己的命只能靠自己的身体和头脑来保护。自己都保护不了自己的时候，只能认命。

为了支撑因害怕死亡而忍不住想要示弱的自己，她的心里不知不觉产生了这种"人要认命"的想法。

对那些因她而死的人的愧疚，使这种想法越发强烈。一想到他们，她就觉得自己不配得到幸福。

虽然随着时间的流逝，愧疚感慢慢减轻，但这种想法早已在她心底扎根，成为一种习惯。

这种心情或者说觉悟，多次在关键时刻救了她的命。如果不是这样，她可能根本活不到现在。

不过，这绝不是值得阿思拉憧憬和向往的东西。

卡依娜说她舍命救阿思拉的行为"太幼稚"，可巴尔萨并不这么认为。不过，她还不太习惯这种珍惜生命的感觉。

和唐达一起度过的那些安稳的日子，她觉得很幸福。可她内心深处总觉得这种幸福是偷来的，这让她惶惶不安，不敢去憧憬美好的未来。

葬在故乡坎巴的大王山下的吉格罗等人的灵魂安抚了她血淋淋的

内心，可已经刻进骨子里的对人生"无所谓"的态度却很难改变。

我是个不知道该怎么活下去的婴儿，巴尔萨突然觉得。

她就像一个在黑暗中死而复生的婴儿，还不知道该如何规划自己的人生。

沉默的巴尔萨脸上出现了阴郁、不安的神情，这让阿思拉很吃惊。

不管遇到什么事，巴尔萨都不曾动摇。在阿思拉心目中，她就像一块坚硬的岩石。如此强大、无所不能的人，脸上为什么会出现这样的表情呢？

巴尔萨把已经凉了的奶茶一饮而尽。

"吃完东西，我们去见那个叫萨哈鲁的保镖，请他来保护纳卡的商队。我想塔吉鲁会告诉敌人，我不再是商队的保镖。这样一来，纳卡他们就不会被盯上了。"

"在这里就和纳卡头领他们分开吗？"

阿思拉的表情有些落寞。巴尔萨点点头。

"嗯。"

接下来这条危机四伏的路，要靠她们两个自己走。米娜等人的脸庞浮现在眼前，一想到再也没有机会和他们同行，落寞涌上阿思拉的心头。

"这也是没办法的事。"

就算寂寞，也比让米娜他们因为自己受伤强。

"神会在我身边的。"

想到这里，勇气涌上阿思拉心头。

"不怕。不管发生什么事，神都一定会在我身边。"

没有人能够伤害身手不凡的巴尔萨和得到神庇佑的自己。对手如果以为一个女人带着一个孩子很好对付的话，就错了。这么想着，阿思拉嘴角浮现出一丝微笑。

像冬天的湖面一样

晚饭后，巴尔萨向纳卡提出要更换护卫。纳卡脸色一沉。

"一开始我就觉得你隐瞒了什么，"纳卡有些不快，"不过你跟我说了中途要换人，事到如今，我也没什么好说的。"

纳卡皱着眉头，嘟嘟囔囔。直到巴尔萨把新的护卫领进屋，他的心情才好了一些。巴尔萨给他介绍的新护卫萨哈鲁是个外表魁梧、性格开朗的年轻人。

作为违约金，巴尔萨把萨哈鲁从这里到托鲁安所需的报酬交给纳卡。接过这笔钱，纳卡神情复杂地看着巴尔萨说：

"说实话，你是个很好的护卫。如果不是你有事，我想请你一直保护我们。阿思拉也是个好孩子，米娜肯定会难过的。"

说完，纳卡看向了新护卫。

相聚、同行、分别——这就是商队的生活。这样的离别对他们来说是家常便饭。

巴尔萨回到客栈的房间。阿思拉已经睡着了，她把自己从头到脚都裹在毛毯里。

巴尔萨坐在床上，拔出长枪，检查枪头。傍晚，她把长枪送去研磨了。那个工匠手艺很好，枪头在炉火的照耀下闪着寒光。

明天她们可以先混在商队中间出城，在半路上改走狭窄的山路。不坐马车的话，她们可以避开大路，走险峻的山路。

城里有敌人，城门也有人监视。就算敌人发现她们混在商队里，也不可能猜到无数条山路她们会走哪一条。

走廊上传来脚步声。过了不久，脚步声在门前停下。

"我是客栈的伙计，有人说想见你们。"

确定只有一个人的脚步声和气息后，巴尔萨拿着长枪打开门。伙计见枪头对着自己，连忙往后退了一步。

"来的人是谁？"

巴尔萨问完。伙计皱着眉说：

"我没问她的名字，是个塔鲁女人。"

意外的答案让巴尔萨思考了一阵。阿思拉被他们的说话声吵醒，坐了起来。

伙计看着巴尔萨，问道：

"让她走吗？"

"不，把她带过来吧。"

伙计点点头退下，很快带了个女人过来。女人戴着头巾，几乎把眼睛遮住了。等伙计关门离开，她才掀开头巾。

头巾下面是一张年轻的脸庞。来人是个眉清目秀的姑娘。

"初次见面，你好，我叫伊亚努。这么晚了突然来打扰，非常抱歉。"

巴尔萨轻轻点点头，问道：

"有什么事吗？"

自称伊亚努的女人，看着巴尔萨背后的阿思拉说：

"我和同伴一起来这里卖毛皮，今天在市场上看见了你们，很震惊。阿思拉？你是阿思拉吧？"

阿思拉抬头望着她，一脸惊讶。

"你不记得了吗？我们见过一面。那天晚上，你母亲带着你到我们那儿去了。"

胸口仿佛被揪了一下，阿思拉目不转睛地看着这个年轻女人。果然很眼熟，那个时候她也在那个昏暗的小屋里。

"你是拉玛巫。"

伊亚努点点头，眼眶含泪，用颤抖的双手抱着阿思拉说：

"太好了！感谢阿法鲁神的恩典！你还活着！"

伊亚努强忍着不哭出声。她的衣服上沾染了圣堂上焚烧的香的味道。闻到这种味道，阿思拉的心撕裂般地疼痛。

眼前清晰地浮现出妈妈的身影。妈妈也曾经像伊亚努这样抱着自己，因为兴奋而抽泣。

阿思拉眼里含着泪，可她的手一直垂在身侧，没有回抱伊亚努。伊亚努不是妈妈，虽然她让阿思拉想起了妈妈，可对阿思拉来说她只是个陌生人。

过了一会儿，伊亚努放开阿思拉，抬头看着巴尔萨。

"是你救了这个孩子吧？谢谢！太感谢你了！"

巴尔萨点点头，没有说什么。

"请坐。事情发生得太突然了，我有些摸不着头脑。请问你和阿思拉是什么关系？"

伊亚努不好意思地说：

"对不起！是我太冒昧了，应该先把事情说清楚。"

巴尔萨请伊亚努坐在她的床上，她自己在阿思拉身旁坐下。伊亚努说起事情的来龙去脉。

她说自己是拉玛巫，住在离这里不远的萨乌地区的圣地里。阿思拉一家人也住在那附近。拉玛巫和普通人不同，有一种与生俱来的能力，能感受到神的世界诺幽古的气息。她们从小就被集中到圣地，由塔鲁·库玛达抚养成人。

阿思拉的妈妈托莉希亚没有这种能力，不过她常到伊亚努她们那里学习关于神的知识。

"阿思拉的妈妈托莉希亚是个不幸的人。她长得漂亮，心地善良，没想到最后会是那样的下场。"

阿思拉听到这里，用力抓紧了毛毯。

伊亚努看着巴尔萨，问道：

"你是坎巴人吧？"

巴尔萨点点头。伊亚努接着说：

"那你一定不知道，我们塔鲁人有一个很重要的信仰。如果不知道这一点，你就没法理解在托莉希亚身上发生的事。所以，请你耐心听我说完。"

随后，伊亚努说起了罗塔尔巴尔的传说。

听着这熟悉的传说，阿思拉恍惚觉得是妈妈在说话。

"太古时代的罗塔尔巴尔，是一个由神人萨达·塔鲁哈玛亚统治的和平的国度。"

"萨达·塔鲁哈玛亚！"听到这个名字，阿思拉打了个激灵。仿佛有什么记忆冲破黑暗，出现在脑海里：平躺着的石像，石像胸口发出的微弱的光芒。

当伊亚努说到萨达·塔鲁哈玛亚的下场时，巴尔萨问她：

"也就是说，从很久以前开始，卡夏鲁就和罗塔王室有关系了？"

伊亚努点了点头。

"从前，我们塔鲁人的祖先和卡夏鲁的祖先一起侍奉萨达·塔鲁哈玛亚。后来，卡夏鲁转而支持罗塔王室，直到现在还在暗地里帮助他们。

"一旦我们犯错，他们就负责惩罚我们。一群王室的走狗！"

伊亚努叹了口气，继续说：

"那天夜里，托莉希亚带着阿思拉到我们那儿去了。她告诉我们，源自诺幽古的圣河又一次出现了。她一脸兴奋地说，一定要把神召唤到这个世界上来。

　　"我们一直聊到深夜，讨论阿思拉是不是真的看见了圣河，萨达·塔鲁哈玛亚是怎么召唤神的。"

　　伊亚努看了阿思拉一眼，小声地接着说：

　　"我们祝福了托莉希亚，因为她有坚定的信仰。我们建议她到圣地，也就是萨达·塔鲁哈玛亚之墓所在的地方去祈祷。

　　"没想到她竟然打破禁忌，擅自闯入了萨达·塔鲁哈玛亚的墓地！"

　　最后，托莉希亚被塔鲁·库玛达抓住，以"侵入禁地"的罪名被移交给卡夏鲁。说到这里，伊亚努一脸悲痛。

　　看见阿思拉的身体开始发抖，巴尔萨伸手抱住她的肩膀。

　　"你知道那之后发生了什么事吗？"

　　巴尔萨平静地问伊亚努。伊亚努点点头。

　　"托莉希亚被处死那天，我们在圣地。沐浴在圣河里的苔藓突然全部变成了红色！我们因此得知她像从前的萨达·塔鲁哈玛亚一样，真的把塔鲁哈玛亚召唤来了。"

　　说完，伊亚努低下了头。

　　"那是塔鲁哈玛亚最后一次出现。托莉希亚一死，神来到这个世界的道路也消失了。"

　　阿思拉身体一僵，呼吸也变得困难起来。阿思拉心想：怎么办？

要不要告诉她，妈妈不是察玛巫，我才是察玛巫？

这时，巴尔萨搂着阿思拉肩膀的手紧了紧。

阿思拉不解地抬头看着巴尔萨。

巴尔萨用眼神告诉她不能说，阿思拉轻轻点了点头。虽然伊亚努是塔鲁人，而且是拉玛巫，了解事情的来龙去脉，可不知为什么，一想到要告诉她塔鲁哈玛亚是自己召唤来的，而且自己能随时召唤塔鲁哈玛亚，阿思拉就感到很害怕。

过了一会儿，伊亚努抬起头说：

"听说辛塔旦牢城发生了惨案，我们以为你和哥哥齐基萨也死了。没想到还能在这里见到你。阿思拉，那个时候发生了什么？你哥哥呢？"

"这件事……"

巴尔萨打断了阿思拉的话。

"让她一个孩子来说那件事太残忍了。"

巴尔萨简单说了阿思拉和齐基萨到新约格王国以后发生的事。不过，她没有提及她们遭到狼群袭击的经历。伊亚努认真地听着，没有插嘴。

巴尔萨说完，伊亚努轻轻摇了摇头。

"阿思拉，这一路上你受苦了。以前我伯父曾带着我从南部一路北上，所以我很明白这种漫长的旅途多么辛苦。"

或许是想起了痛苦的往事，伊亚努的脸变得有些扭曲。

"我的父母也是被罗塔人杀害的。我出生在南部阿鲁亚地区的森林里，父母在毛皮市场做生意时，和罗塔的毛皮商人发生冲突，被他们杀了。罗塔人杀他们，就像杀羊一样！"

伊亚努眼中满是愤怒和悲伤。

"那个毛皮商人没有受到任何惩罚。塔鲁人的命在罗塔人眼里一文不值。于是，伯父带着我离开那个伤心地，搬到了北部。因为罗塔人不敢踏足北部的夏恩森林。"

说到这里，伊亚努猛然抬头看着巴尔萨。

"真不好意思，莫名其妙说起了往事。"

巴尔萨平静地摇摇头。

"没关系。"

脸色苍白的伊亚努勉强笑了笑，严肃地说：

"我知道阿思拉为什么会被追杀。源自诺幽古的圣河再次流经这片大地，如果塔鲁人祈求神复活，便会危及罗塔王国的统治。所以卡夏鲁要追杀阿思拉，因为她亲眼看见了托莉希亚是怎么召唤神的。"

巴尔萨脊背一凉。

或许真的像她说的，阿思拉拥有召唤恐怖之神塔鲁哈玛亚的力量，这对罗塔王族而言是个极大的威胁。

这下，巴尔萨知道这件事为什么不仅和斯发鲁有关，还和当地氏族族长的二儿子——伊翰殿下的狂热支持者扯上了关系。

伊亚努凝视着巴尔萨。

"你打算怎么办？那些追兵很可怕，光凭你们两个人想要顺利逃脱，还想救齐基萨，恐怕……"

伊亚努盯着阿思拉，想了好一会儿，毅然决然地说：

"我们是塔鲁人，只能生活在暗处，不能反抗罗塔王室，可我们也不能不管我们的族人。

"虽然我帮不上什么大忙，不过你们可以和我们一起离开这里。和一群人一起出城门，没准能帮你们骗过对手。"

巴尔萨摇了摇头。

"这很难。城里有很多他们的耳目，这家客栈恐怕也被他们监视了。他们很可能已经知道你到这里来了。"

"就算是这样，和我们一起走，也比光靠你们两个人的力量逃跑胜算大。

"罗塔人不敢走的森林深处的道路，我们知道得一清二楚。到吉坦祭城以后，我们就帮不上忙了，但我们可以把你们安全带到那里去。

"明早其他商队走的时候，我们也出发，在半路上改走小道。这样肯定能顺利逃脱。"

她的想法和巴尔萨的想法不谋而合。混在塔鲁人里，有他们指路，或许能提高从敌人手里逃脱的概率。

"谢谢。那就拜托你们了。"

随后，伊亚努和巴尔萨商量好第二天早晨的行程，带着不安和兴奋离开了客栈。

阿思拉又躺回床上，用毛毯把身体裹得严严实实。她很兴奋，一时间难以入睡。巴尔萨收拾完行李,把长枪放在手边,很快进入了梦乡。阿思拉听着她有规律的呼吸声,久久不能成眠。

白天的疲劳终于把阿思拉带入了梦乡,可噩梦接二连三袭来。或许是因为在梦里心灵的枷锁被打开了,白天想不起来的事情,异常清晰地出现在她梦里。

在巨大的岩石之间摇曳的微弱的磷光、潮湿的苔藓的味道……

她和妈妈一起踩在河里,往前走。淡淡的月光下,一座墓出现在眼前。

光滑的黑色岩石上躺着一个人。天色太暗,她只看见了一个模糊的影子。那个人躺在圣河里,胸口处漂浮着一个模糊的光环。

"神圣的槲寄生环。"

妈妈听见阿思拉的话很惊讶,悄声问:

"阿思拉,你看见槲寄生环了?"

阿思拉发现妈妈什么也没有看见,吓了一跳。

"看见了,妈妈。萨达·塔鲁哈玛亚正躺在圣河里睡觉,槲寄生环闪闪发光。妈妈,您真的看不见吗?"

妈妈有些失落地说:

"我看不见,因为我没有神力。不过,神把这种力量赐给了我的宝贝女儿。阿思拉,决定命运的时刻来了,用你的手拿起槲寄生环吧!"

阿思拉打了个冷战,说道:

"妈妈,我害怕。"

"别怕，妈妈在你身边。"

妈妈握紧阿思拉的手，不断诵读《圣典》上的话。阿思拉屏住呼吸，轻轻把手伸向那道青色的光芒。

阿思拉的手好像碰到了什么。

像一阵风，没有实体，指尖却能够感受到它的存在。一道微光亮起，光芒越发炽热。

"阿思拉！"

妈妈屏住呼吸，握着阿思拉的手，把光环轻轻导向阿思拉的胸口。

光环停留在阿思拉胸前，熠熠生辉。

"阿思拉！"

妈妈激动地大叫一声，抱住阿思拉的头，喜极而泣。

"太好了！你是被将要改变这个世界的神选中的孩子！不久，你将变成萨达·塔鲁哈玛亚，成为神人，统治这个世界！我们再也没有什么可怕的了！"

妈妈蹲下来，直视着阿思拉的眼睛，一字一句大声地说：

"阿思拉，你要变得高贵！比任何人都要高贵。

"你要冷静！不管心里多么着急，都不能表现在脸上。

"不管什么时候，你都要像冬天的湖面那样平静。

"你要变得强大！强大到足以与伟大的神融为一体，指引人类前行。

"昔日的萨达·塔鲁哈玛亚就是这样的。你也会变得和她一样！"

神之守护者·下　归去篇

妈妈的话深深铭刻在阿思拉心底，如同碑文镌刻在石头上一样。

梦中的场景不断变换，可怕的回忆逐渐复苏。

经常做到的关于辛塔旦牢城的那个噩梦，又出现了。

死去的人们，哥哥无比悲伤、绝望的眼神……

"哥哥，不是！不是我的错！"

阿思拉尖叫着跳起来，喘着粗气，在床上不停地颤抖。火炉上的柴火剩下一堆灰烬，屋子里一片昏暗。

巴尔萨从隔壁床上腾地坐起来，问道：

"怎么了？"

阿思拉看着巴尔萨，满脸是汗。

"哥哥，"阿思拉喘着粗气说，"他望我。在梦里，他总是一脸悲伤地看着我。"

阿思拉极力想要保持冷静，嘴唇却止不住地颤抖。她用两只手遮着脸。

"他们明明不是我杀的，明明是神惩罚了他们。"

阿思拉不停地重复这句话，仿佛还身处梦境之中。

昏暗的墓地、发光的槲寄生环、妈妈说的话、妈妈的死……

阿思拉把手放下，抬头看着巴尔萨。她的脸庞已经被泪水打湿了。

"你要保持冷静，像冬天的湖面那样平静。"妈妈的话在耳边回荡。压抑在她心中的痛苦，终于穿透了结冰的湖面。

阿思拉哽咽着说：

"我恨他们！恨死他们了！妈妈就要被处死了，他们还在笑，还在鼓掌！他们怎么笑得出来？！"

巴尔萨站起来走到阿思拉面前，抱住她。

阿思拉两手紧紧抱住巴尔萨的腰，放声大哭。这是妈妈出事以后，她第一次这么声嘶力竭地大哭。

巴尔萨一直抱着阿思拉，直到她的哭声像退潮的海水般越来越小。

过了许久，阿思拉松开手。巴尔萨放开她，摸摸她大汗淋漓的头说：

"阿思拉，你哥哥是个善良、诚实的孩子。"

两眼红肿的阿思拉看着巴尔萨。

"所以他一定是在梦里替你说出了你的想法。"

"我的想法？"阿思拉问。

巴尔萨坐回自己的床上，沉默了一阵，终于开口低声说：

"我也曾经像你一样，特别恨一个人。像你那么大的时候，我每天拼命练功，就是为了杀他。因为恨意太深，如果不用长枪或拳头去打什么东西发泄一下，我总感觉身体就要爆炸了。"

巴尔萨对阿思拉说起往事：因为坎巴王的阴谋而死去的父亲、放弃自己的人生救了她的吉格罗、多年来的流浪生活……

"我想快点变得强大起来，比所有人都强大。我以为变强大了就能得到救赎。"

阿思拉点点头。弱小、年幼的自己就像一颗小石子，一脚就会被人踢飞，根本救不了妈妈。那种无能为力的感觉让她很绝望。

如果能变得比任何人都强大，就不会再那么痛苦了。

"可是，"巴尔萨声音嘶哑地说，"阿思拉，我变强大了，却仍然没有得到救赎。"

阿思拉抬头看着巴尔萨，一脸诧异。

"这身功夫和丰富的经验无数次救了我的命。因为功夫好，也没有人敢再欺负我。可是……"

巴尔萨在脑海中寻找合适的词汇，她不知道该怎么用语言表达心里的想法。

"杀死你恨的人，并不能解决所有问题。就算杀了他，你也得不到解脱。"巴尔萨头靠着长枪的枪柄，喃喃地说，"可等我领悟到这一点的时候，很多事已经无法挽回了。"

巴尔萨凝视着阿思拉。

"变化最大的人是自己。别人不知道你为什么杀人，只有你自己知道。有时，我会觉得不寒而栗。当我杀死自己恨的人，感到开心的时候，我脸上是什么表情呢？"

阿思拉觉得后背一凉，全身僵硬。她闭上眼睛，低声说：

"可是，如果那是坏事，神就不会帮我了。"

这话听起来更像是为了说服她自己。说完，阿思拉一直低头看着地面。

巴尔萨轻轻摇了摇头。

"我不知道神是什么样的。小时候，父亲给我讲过很多关于神的故事。他告诉我雷神约拉姆①是怎么创造这个世界的。我也和神奇的精灵打过交道。

"我亲眼看到过能呼风唤雨的'精灵之卵'，像人一样会做梦的花。我还遇到过'山之王'，那是一种长得像透明的蛇，能够把人的想法变成青色石头的精灵。但是……"

巴尔萨嘟囔道：

"我还没见过拯救好人、惩罚坏人的神。"

阿思拉抬起头。巴尔萨眼中没有一丝责备的神色，只有深深的悲哀。

"如果有惩罚坏人的神，这个世上就不会有这么多不幸的人了。阿思拉，你说是不是？"

耳边一阵轰鸣，阿思拉的心弦被什么东西触动了。"它"想让阿思拉去想那些不该想的事，想动摇她对塔鲁哈玛亚的信仰，想让她意识到妈妈的话是错的。

阿思拉努力不去想"它"到底是什么，轻轻摇了摇头。

"塔鲁哈玛亚是伟大的神，是能够惩罚坏人的真正的神！

"妈妈说过，萨达·塔鲁哈玛亚拥有伟大的神力，能够惩罚坏人。"

阿思拉越来越激动，高声说：

"塔鲁·库玛达流传下来的《圣典》不对，妈妈说的才是真的。

---

① 约拉姆：坎巴人传说中的雷神，传说他创造了世界。——译者注

她告诉了我们萨达·塔鲁哈玛亚到底是什么样的。

"她说罗塔尔巴尔是个富庶和平的国度，基朗杀了萨达·塔鲁哈玛亚以后，这个世界才变得这么不公平。"

巴尔萨两眼盯着阿思拉，平静地说：

"你想变成萨达·塔鲁哈玛亚吗？"

阿思拉表情僵硬地看着巴尔萨。

"你是被将要改变这个世界的神选中的孩子！

"不久，你将变成萨达·塔鲁哈玛亚，成为神人，统治这个世界！"

妈妈的话不断在她耳边回响。

"我真的像妈妈祈求的那样，有召唤神的力量吗？"阿思拉一直很困惑。

她想要回忆起消灭狼群时的感觉，那种天地之间唯我独尊的感觉。

像现在这样坐在床上，她不认为自己能变成萨达·塔鲁哈玛亚，不认为自己能变成伟大的神的化身，消除世间一切的不幸。

神为什么选中我？为什么不选一个更坚强、更聪明的人呢？阿思拉在心里问自己。

阿思拉的脸有些扭曲。

"我，我……"

阿思拉的声音小得几乎听不见，泪水涌出眼眶。

"我该怎么办，巴尔萨？妈妈为了让世界变得更美好，为了让我成为萨达·塔鲁哈玛亚，创造一个真正幸福的世界，献出了自己的生命。可我……我并不认为自己能成为萨达·塔鲁哈玛亚。"

泪水如同断线的珍珠，滑过阿思拉的脸庞。

巴尔萨低声说：

"我不懂塔鲁人的信仰，也不知道塔鲁哈玛亚是什么样的神。

"但我不认为变成一个滥杀无辜的神是件幸福的事，也不认为那样的神能让世人幸福。"

阿思拉哭着看着巴尔萨。巴尔萨接着说：

"阿思拉，请你千万不要变成那样的神。你杀死那些狼的时候，太可怕了。"

胸口好像有一只冰冷的手拂过，阿思拉瞪大了眼睛。

"那天，你洗完澡，穿着粉色的衣服，美得像莎拉莜花一样。那个时候，就连站在一旁的我似乎都闻到了幸福的味道。"巴尔萨柔声说。

鼻尖似乎传来了花香。阿思拉拼命想要驱散这股香味。

巴尔萨不是塔鲁人，她是坎巴人，完全不了解塔鲁哈玛亚。

绝不能因为巴尔萨的话而动摇。相信神，不能因为这点儿小事动摇！

像冬天的湖面一样……

阿思拉紧紧闭上眼睛，在心底默念。

看着阿思拉的脸变得苍白、毫无表情，如同蒙上了一层薄冰，巴尔萨不再说话。

落入圈套

天空泛起鱼肚白。

一群人聚集在贸易市场正门，准备出发。空气冷得像冰一样，马儿焦躁地不停踏步，正在检查马车的人身上冒着白气。

巴尔萨和阿思拉同塔鲁人一道站在队伍的最后，静静地等待出发。

她们穿着塔鲁人的黑色衣服，戴着头巾，脸上蒙着修玛。即便如此，仍挡不住彻骨的寒气。巴尔萨用手掌摩擦马脖子，给它取暖。像其他猎人一样，她把枪头插在马鞍旁，把枪柄扛在肩头。

阿思拉沉默地看着远处越来越亮的地平线。商队的马车在雪地上留下的车辙，一直延伸向远方。

钟声响起。这是耸立在正门旁的钟楼传来的钟声，告诉大家天亮了。洪亮的钟声，仿佛就在耳边敲响。阿思拉被吓了一跳，不由得缩了一下身体。

商队的人有的骑上马，有的坐进马车，握住缰绳，准备出发。

站在队伍最前方的商队头领深吸一口气，用力吹响了出发的号角。

出发的时刻到了。人和马缓缓走出正门，踏上新的旅程。

阿思拉忍不住回头看了一眼住过的客栈。来不及与米娜和商队的伙伴道别，她只能默默在心里和他们说再见。

大部分道路的路面都结了冰，人和马缓缓前行。刚开始，队伍井然有序。没过多久，各个商队之间就拉开了距离，各自行动。

过了中午，巴尔萨等人走出雪原，来到丘陵地带。道路两旁出现了茂密的森林和险峻的崖壁。

远远看见夏哈鲁山道的时候，骑在巴尔萨身旁的伊亚努靠近她，低声说：

"巴尔萨，快要走小路了，慢一点。"

巴尔萨点点头，稍稍拉紧缰绳，让马慢下来。

塔鲁人慢慢脱离大部队，走上通往密林的小路。前面的商队没人回头，也没人注意到她们不见了。

"阿思拉，你跟在我后面。巴尔萨，能麻烦你殿后吗？"

伊亚努说完，巴尔萨点点头，右手拿起长枪。左手握住缰绳的时候，伤口隐隐作痛。

森林里的小路上没什么积雪，风被树挡住，暖和了许多。被雪打湿的树丛散发着清香。森林里很安静，听不到鸟叫声。塔鲁人都不说话，像影子一样默默往前走着。

雪，又下了起来。雪花，纷纷扬扬。

眼前是一条陡峭的上坡路，周围到处是长满青苔的岩石。马鼻子喷着白烟，灵活地沿着山路往上爬。

耳边传来水流声，前方有条小溪。

伊亚努转过身，大声对巴尔萨说：

"前面不远处就是赛伊河，穿过吊桥就能进入夏恩森林。罗塔人从来不到那里去。过了吊桥以后，我们就能休息一会儿了。"

巴尔萨轻轻挥了挥长枪，示意听见了。伊亚努那么大声说话，让她觉得有些奇怪。

就在刚刚，巴尔萨感受到一股不同的气息。虽然没有听到一点声响，可她却觉得后脖颈一阵发麻。她正在寻找这股气息的来源，却被伊亚努一声大叫分散了注意力。

穿过森林，出现在眼前的是险峻的悬崖。两个山崖间有一座吊桥，山崖间的距离不远，健壮的山羊用力一跳就能跳过去。

或许是因为来到吊桥前，心里踏实了，伊亚努频频回头跟巴尔萨说话。

"就是这座吊桥！巴尔萨，马上就到了。"

巴尔萨没理她。

背后一凉，杀气扑面而来。有埋伏！

巴尔萨挥舞长枪，用力拍了一下阿思拉骑的马。

"阿思拉，快跑！中埋伏了！"

话音未落，一支箭向巴尔萨背后飞去。

巴尔萨扭身躲过这一箭，用力一拉缰绳，掉转马头。

树丛里蹿出一群全副武装的男人。

"巴尔萨！"

阿思拉惊声尖叫。

"快跑！到吊桥那边去！"

伊亚努抓住阿思拉那匹马的马嚼子，用力往前拽。大多数塔鲁人已经走过吊桥，在桥那边担心地看着她们。阿思拉的马跑过吊桥后，伊亚努也紧跟着骑马跑了过去。

等她们过去以后，巴尔萨立刻挥舞长枪，砍断吊桥的一根吊索，让大队人马没法同时过桥。

男人们围住巴尔萨，一步步向她逼近。

"他们为什么不用弓箭？"

这让背靠吊桥、摆出防御架势的巴尔萨觉得很奇怪。

如果这么多人一起放箭，就算巴尔萨有三头六臂也抵挡不住。这样一来，便能在阿思拉过桥之前杀了她。

可是，除了刚才那一箭，他们没有再放箭。他们好像在等阿思拉她们过去，所以没有发动攻击，只是在拖延时间。

回头的瞬间，巴尔萨看见阿思拉背后的伊亚努露出松了一口气的笑容。

他们不是追到这里来的，而是一开始就在这里埋伏好了！怒火涌上巴尔萨心头。

中计了！巴尔萨心想。

焦躁、愤怒的情绪在巴尔萨心里翻腾。

是伊亚努设的圈套！目的是把阿思拉和她分开，在这里杀了她。

见阿思拉顺利通过吊桥，男人们一起杀向巴尔萨。

巴尔萨站在马背上，用力一蹬马鞍，跳到半空中。

这一招出人意料，男人们一时不知该做何反应。巴尔萨从他们头顶飞过，翻身一转，屈身落在他们背后，往森林里跑去。

男人们怒吼着追上去，一边拨开树丛、灌木，一边往前冲。跑得慢的男人逐渐落在后面。

巴尔萨突然回身，用力一蹬树桩，跳向离她最近的男人。

男人来不及用长剑防御，被踢倒在地。巴尔萨踩着他的头跳起来，从另一个男人腋下穿过。长枪一划　男人的右手瞬间皮开肉绽。

此刻，巴尔萨什么也没想。怒火熊熊燃烧，她只是凭着本能不断战斗。

森林里的树木遮挡了男人们的视线，他们没法用弓箭，也没法形成包围圈，这帮了巴尔萨的忙。巴尔萨各个击破，把男人们一个接一个打倒。

可敌人实在太多。巴尔萨穿着厚重的外套，不停地移动、奔跑，很快就觉得肺里一阵火辣辣地疼。汗水流进眼眶，模糊了她的视线。

雪，越下越大。雪花，漫天飞舞。

两个人同时向巴尔萨袭来。她用长枪挡住斜着刺来的长剑，没能挡住砍向背后的刀。刀锋划过后背，从肩到腰划出一道长长的伤口。万幸，厚厚的头巾和修玛护住了后颈。巴尔萨转身，挥舞长枪打倒两人。不过，她心里清楚自己撑不了多久了。

巴尔萨往前跑去，嘴里哈出白气。她像一只受伤的野兽，以惊人的速度跑出森林。快要踏上吊桥时，腰际传来一阵剧痛。一支箭划破了她的腰！

巴尔萨呻吟着，眼前一片模糊。待好不容易看清吊桥在哪里，她立刻跑了上去。

男人们追了上来，巴尔萨用力挥舞长枪砍断吊索。吊桥左右摇晃，不时有人哀号着掉下吊桥。

突然，巴尔萨脚下一空，往下坠落。不容细想，她把长枪插入桥板间。身体失去控制，巴尔萨两手抓着长枪，随着吊桥一起撞到崖壁上。

巴尔萨全身剧痛，长枪从左手滑落。嗖！嗖！利箭接连从巴尔萨身旁飞过，插入崖壁。这样下去，她必死无疑。

雪花飘飞。巴尔萨往下望去，下面是一道绿色的深渊。

瞬间，巴尔萨做出一个决定。

蜷缩身体，双脚蹬向崖壁，巴尔萨头朝下坠向深渊。

巴尔萨双眼紧闭，头被木板撞了一下，眼前发黑，昏了过去。

漫天大雪纷纷扬扬，天空一片灰暗。男人们从悬崖上探出头望向深渊。巴尔萨坠入水中，溅起一片水花。不一会儿，她的身体浮出水面，缓缓往前流去。她的身体像一根树枝，被水流冲向下游。

"下去把她的尸体打捞上来吗？"一个男人说。

其他男人纷纷摇头。

"开什么玩笑。如果不赶在暴风雪来临前把那些受伤的人抬回'乡'里，我们都会被冻死的。"

男人们最后瞥了一眼巴尔萨的"尸体"，便返回森林去找那些受伤的同伴。

阿思拉只看见巴尔萨从男人们的头上跳过，消失在森林中。因为伊亚努不顾阿思拉的反抗，抓住她坐的那匹马的辔头，让马儿拼命往前跑。

"巴尔萨！救救巴尔萨！"

阿思拉一边挣扎，一边大叫。伊亚努厉声怒吼：

"不行！我们不会武功，根本对付不了那群强盗。您快逃！巴尔萨拼了命救您，难道您想让她白白牺牲吗？"

阿思拉流着泪，咬紧了牙关。这个时候，她根本没有注意到伊亚努对她用的是敬语。

阿思拉因为担心巴尔萨，陷入狂乱之中。

"听着，伊亚努！我能召唤塔鲁哈玛亚！我能打败那些强盗，救出巴尔萨！"

伊亚努等人根本不理她，只顾往前跑。不管阿思拉怎么挣扎，说些什么，她们都不理会。

之后的旅途，阿思拉如同身在噩梦中，一点印象也没有。她不知道经过了哪些地方，只知道马被伊亚努等人攥着，在密林里一会儿上坡，一会儿下坡，跑了很久。

雪，越下越大。等她们终于停下来时，马已经累得口吐白沫。

四周有些昏暗。虽然大雪纷飞，这里却出人意料地暖和。

阿思拉觉得眼前有什么在发光，有些吃惊。那是一条闪着银光的"小河"。原来这里也有圣河的支流。

猴子们在头顶上跳来跳去，"吱吱"乱叫。

前面有三块巨大的岩石、长满青苔的参天大树和一块平坦的黑色石板。

阿思拉突然意识到自己身在何处，身体开始发抖。

"这里是神殿。"

眼前是一座神殿，很像妈妈带她去的萨达·塔鲁哈玛亚之墓所在的神殿。

许多身穿黑衣的人默默围站在她四周。

一个娇小的身影从人群中走向阿思拉，她的肩膀上蹲着一只猴子。她走到阿思拉跟前，抓住阿思拉那匹马的马辔，优雅地掀开了头巾。

头巾下露出一张白皙的脸庞，阿思拉惊呼：

"西哈娜？"

西哈娜仔细观察阿思拉的表情，发现她只是单纯地感到惊讶，微笑着说：

"你没受伤，太好了！阿思拉，一路上很害怕吧？现在已经没事了，放心吧。"

阿思拉一头雾水，不知道究竟发生了什么事，呆呆地看着西哈娜。蹲在西哈娜肩头的猴子开心地跳到阿思拉肩膀上。阿思拉紧紧抱住小猴子，用脸蛋蹭了蹭它。

从懂事开始，她一个人在森林里玩的时候，这只小猴子和这个娇小的女人就会出现，陪她一起玩。

"猴子是神的使者，我能听懂猴子的话，所以我也是神的使者。"

西哈娜说的这番话在她耳边响起。

西哈娜也曾出现在妈妈面前。第一次看见西哈娜的时候，妈妈吓得脸都白了。那是阿思拉第一次看见妈妈怕成那样。

不知道西哈娜对妈妈说了些什么，妈妈逐渐接受了她。慢慢地，西哈娜变成了妈妈的好朋友。

妈妈对她说："绝对不能把西哈娜的事告诉任何人，连爸爸和哥哥也不行。"可妈妈并没有告诉她为什么要这么做。

西哈娜很神秘。她像风一样，来无影去无踪。

阿思拉不知道巴尔萨所说的斯发鲁就是西哈娜的父亲。上回在客栈，西哈娜想把她掳走的时候，给她喂了麻药，所以她什么也不记得。

不过，她隐隐觉得有些奇怪。为什么巴尔萨被袭击，自己拼命逃到这里会遇上西哈娜呢？

"这里是圣地，四周的森林很冷，这里却很暖和。尤其是今年冬天，这里格外温暖。"

听见西哈娜的话，阿思拉小声说了一句：

"因为圣河从这里流过。"

西哈娜眼中闪烁着异样的光芒，问道：

"你能看见圣河？除了苔藓的光芒以外，你还能看见圣河？"

阿思拉点点头。她以为西哈娜是神的使者，肯定能看见，没想到连她也看不见闪光的圣河。

西哈娜恭恭敬敬地握着阿思拉的手，把她从马上扶下来。

"欢迎来到这里，神的孩子。你是察玛巫，不久将成为萨达·塔鲁哈玛亚。"

西哈娜的话让阿思拉全身的血液仿佛都凝固了。

"放心吧，我知道所有的事。我知道在你母亲托莉希亚和你们兄妹身上发生了什么，也知道你的身份。"

阿思拉表情僵硬地看着像狐狸一样娇小的西哈娜。虽然从小就认识西哈娜，可除了名字以外，她对西哈娜一无所知。阿思拉突然害怕起眼前这个神秘的女人来。

难道她未卜先知，能够看透一般人无法看透的事？阿思拉心中暗想。

"你说你无所不知，那你一定也知道巴尔萨的事吧？"阿思拉问西哈娜。

西哈娜面无表情地点点头。

"求求你，救救巴尔萨吧！她在吊桥那边被很多男人包围了，不过巴尔萨武功高强，肯定还活着。说不定如受了重伤，正等着我们去救她呢。求求你，西哈娜，派人去……"

西哈娜轻轻抓住阿思拉的手腕，拉着她往前走，边走边说：

"我已经知道这件事了。猴子们来给我报信了。我已经派人去救她了，你放心吧。"

阿思拉惊讶地看着怀里的小猴子，它也抬头看着阿思拉，眼里闪烁着智慧的光芒。

西哈娜真的能和猴子沟通？这个神秘的人或许真的从头顶那群活蹦乱跳的猴子那里打听到消息了吧。

有人提着灯笼站在林间小路上。见西哈娜和阿思拉一起走来，那人便提着灯笼在前面带路。

摇曳的火光冲破了夜的黑暗。阿思拉恍如置身梦境。她问西哈娜：

"你真的知道所有的事？"

西哈娜莞尔一笑，说道：

"并非所有的事。不过我知道很多事。你想知道什么？"

阿思拉悄声问：

"你知道我哥哥现在怎么样了吗？"

西哈娜绽开笑容，说道：

"你哥哥没事，很快你就能见到他了。"

令人意外的回答让阿思拉很震惊。她看着西哈娜说：

"是你救了我哥哥吗？"

"是的，我会把所有的事都告诉你。不过，我们得先回家吃饭，暖和暖和。"

夜色渐深。走了不一会儿，空气中有了烟火的味道，前方出现了几堆篝火。是为了驱赶狼群吗？点点篝火形成一道屏障，旁边站着全副武装的男人。

她们从篝火旁走过。身材矮小、全副武装的男人和塔鲁人纷纷低下头。他们看着自己的眼神带着恐惧，这让阿思拉有些不安。

篝火后面是几间被大雪笼罩的屋子。那是生活在圣地附近的拉玛巫的家。西哈娜领着阿思拉走进了其中一间屋子。

屋里很宽敞，一个人也没有。

光滑的石床上铺着散发着香味的马乌草席，火炉里的柴火熊熊燃烧。

大饭桌上摆满了食物：刚刚烤好的、涂了厚厚一层黄油和蜂蜜的巴姆，热气腾腾的拉卤，还有用野草莓做的蜜饯。

阿思拉很担心巴尔萨，胸口像针扎一样疼。闻到食物的香味，她才想起来今天除了早饭以外她什么也没吃，顿时觉得饥饿难忍。

西哈娜帮阿思拉脱下厚厚的外套，摘下头巾，请她坐在餐桌旁的椅子上，温柔地对她说：

"来，快吃吧。吃点东西暖暖身子，心情也会平静下来。"

阿思拉喝着热乎乎、甜滋滋的奶茶，狼吞虎咽地吃起涂满黄油和蜂蜜的巴姆。

食物进入胃里，身体从头到脚暖和起来，因为担心巴尔萨而紧绷的神经也逐渐放松。

西哈娜的猴子开心地抱着用野草莓做的蜜饯大快朵颐。看见阿思拉和猴子吃得这么开心，西哈娜脸上露出满足的笑容。

阿思拉吃完饭，门口传来敲门声。西哈娜站起来，走到门口，把门打开一条缝，外面的人低声对她说了些什么。不一会儿，她关上门走了回来。

西哈娜坐在餐桌旁的椅子上，神情悲伤地看着阿思拉。

"出什么事了？"

阿思拉问西哈娜。明明是自己的声音，却好像是从远方传来的。

"是个坏消息。巴尔萨……死了。"

时间仿佛停止了。阿思拉的思绪陷入停顿。过了好一会儿，西哈娜的话穿透层层迷雾，抵达阿思拉心底。胸口像被针扎了一样，疼痛向四肢蔓延，泪水夺眶而出。

眼泪，无声地滑落，一滴接一滴。

西哈娜温柔地抱住阿思拉的双肩。

"都怪我！"阿思拉哽咽着从嗓子眼儿挤出这句话，"如果不是遇见我，巴尔萨就不会……"

阿思拉抽噎着，泣不成声。为了抑制撕心裂肺的痛苦，她咬紧下唇，闭起眼睛，全身蜷成一团。西哈娜摸着她的背，对她说：

"不是你的错，你又没让她出手救你。

"是她主动救你的。那一刻，她就决定了自己的命运。"

西哈娜的声音伴随着奇妙的回音，越来越远。阿思拉不知道的是，西哈娜在食物里加了迷魂药。满脸泪痕的阿思拉很快坠入无边的黑暗之中。

跪拜在神面前的人

"哐当！"车轮轧到石头，震醒了阿思拉。

阿思拉昏昏沉沉的，有一瞬间以为自己坐在纳卡商队的马车上。不过，马车里既昏暗又冷清，让她意识到这不是纳卡他们的马车。

察觉到有人从车窗外往里看，阿思拉坐了起来。

"你醒了？"

西哈娜转身看看她，又转身和窗外的人说了些什么。

马车的速度慢了下来，"咔嗒"一声，马车门被打开。伊亚努拿着装有水壶和食物的篮子爬了上来。

看见伊亚努，阿思拉又想起了巴尔萨，不禁低下头。她听从西哈娜的话，洗了脸，喝了水。不过，不管她们怎么劝，她都不肯吃东西。

嘴里残留的苦味让她想起之前被下药的感觉。她怀疑晚饭后那股强烈的困意是由迷魂药引起的。

对她下药，再把她抱上马车。她们究竟想干什么？

"我们要去哪里？"阿思拉问道。

"去吉坦，那里有祭城和伊翰殿下的城堡。"

西哈娜若无其事的语气激怒了阿思拉。阿思拉暗自生气：

"随便对我下药，随便把我弄上马车，随便……"

她总是被别人当作一颗棋子，任意摆布。

"你竟然对我下药！"

阿思拉生气地说。面对她的指责，西哈娜平静地说：

"给你下药是我不对，可我们没有时间了。"

阿思拉皱起眉头。

"什么没有时间了？"怒火战胜恐惧，瞬间点燃了阿思拉，"到底发生了什么事？为什么要去吉坦？为什么没有时间了？你到底想干什么……"

眼泪涌上眼眶，剩下的话噎在嘴里。

我为什么会被追杀？你为什么要带我去吉坦？到底发生了什么？为什么什么都不告诉我？太过分了！

"所有人都把我当成小婴儿！"

怒火在胸中燃烧，阿思拉感到脖子上的槲寄生环在怒火的催化下发出炙热的光芒。转眼间，她全身充满了力量。

阿思拉目露凶光，怒吼道：

"别把我当傻子！我不是小婴儿！只要我想，就能把神叫来，把你们都杀了！"

伊亚努吓得面无血色，向后退了一步。

刚才那个懦弱、温柔的小女孩不见了。此刻的阿思拉，眼神变得像狼一样凶残。

西哈娜小声地说：

"冷静一点，阿思拉。我们没有把你当成小婴儿。

"给你下药也不是因为小看你。

"昨天你遇到了那么多事，我怕你睡不好，所以在食物里加了点安神的药，好帮助你入睡。

"本来打算等你一醒，就向你解释我们去吉坦的原因。"

西哈娜的声音低沉、冷静。

阿思拉一言不发，目不转睛地看着西哈娜。西哈娜坦率地说：

"接下来，我会把所有的事都告诉你，请你冷静下来听我说。"

西哈娜真诚的语气慢慢平息了阿思拉的怒火。

阿思拉轻轻点了点头。

西哈娜首先告诉阿思拉，自己是斯鲁·卡夏鲁的后代，她的祖先在遥远的罗塔尔巴尔王国时代，曾效忠于神人萨达·塔鲁哈玛亚。他们既是王族的耳目，又和塔鲁的祭司保持着紧密的联系。

"是吧，伊亚努？"

西哈娜转身问伊亚努。面色苍白的伊亚努点了点头。

"是的。前天晚上在客栈的时候，我也说了卡夏鲁负责监视我们。为了保护罗塔王族，他们一直在监视我们，防止我们塔鲁人中再次出现能够召唤伟大的塔鲁哈玛亚神的人。"

"但是，在和你们接触的过程中，我逐渐改变了自己的想法。"西哈娜接着伊亚努的话说。

"你们为什么要为祖先犯的错误而受惩罚呢？肯定是哪里出错

了——不知道从什么时候开始，我产生了这样的想法。"

阿思拉想起在森林里陪她玩耍的西哈娜的身影。

"我父亲是个老顽固，誓死效忠王室，我没法和他说我的想法。幸运的是，命运之神为我开辟了一条道路。"

西哈娜说自己从少女时代开始，便效忠于罗塔王的弟弟——伊翰殿下。殿下年轻时爱上了一个塔鲁女子。

"伊翰殿下性情耿直，就算对方是塔鲁人，也下定决心要和她结婚。虽然我当时才十六岁，也看得出殿下是一片真心。作为卡夏鲁，我一直在暗中保护他，目睹了他们相识相恋的经过。"

西哈娜像在和好朋友说心里话一样，把一切对阿思拉娓娓道来。阿思拉很快被她的话吸引住了。

"不过，其他人都不同意他们的婚事。如果伊翰殿下一意孤行，罗塔王族就会失去所有氏族的信赖。

"那个塔鲁女子是个聪明人，察觉到了这一切。当伊翰殿下向她求婚时，她为殿下着想，主动离开了。她抛弃了家人、亲友，消失得无影无踪。她就是你的妈妈托莉希亚。"

阿思拉愕然地看着西哈娜。

她知道妈妈是出于某些原因才逃到圣地附近的森林里的，可她没想到妈妈竟然曾经和罗塔的王爷相恋。

阿思拉还太小，没法理解逃亡时妈妈是什么样的心情。可一想到害怕罗塔人、东躲西藏的妈妈，她的心就隐隐作痛。

"伊翰殿下像疯了一样到处找她，命令我一定要把她找出来。我追查了几年，终于找到了她的下落。

"还记得我们第一次见面时的情景吗？"

阿思拉点点头。

"陪你一起玩之后，我发现托莉希亚过得很幸福，所以才答应她的请求，不把她的行踪告诉伊翰殿下。

"我想重逢对他们两个人来说都未必是好事。"

随后，西哈娜巧妙地把话锋一转，说到伊翰虽然身为王族成员，却一直努力想把塔鲁人从痛苦中拯救出来。

"可是，南部那些贪婪的大领主知道这件事后，就开始散播谣言，说殿下喜欢塔鲁人，轻视罗塔的氏族。

"他们本来就讨厌殿下。因为殿下不断实施改革，剥夺他们的特权。我还听说他们一直在找机会暗杀殿下。"

西哈娜的眼神闪烁着光芒。

"南部生活富裕，大领主的财力和权力与王族相比毫不逊色，他们随时可能谋反。

"约萨穆陛下是个明君，可惜身体不太好。如果陛下驾崩，伊翰殿下继承王位，视他为眼中钉的大领主势必兴兵作乱。

"如果那些贪得无厌的大领主统治罗塔王国，塔鲁人会过得比现在更惨，遭受更多欺辱。"

西哈娜道出了罗塔王国的内情。阿思拉从来没有想过她说的这些话。阿思拉第一次意识到，原来塔鲁人的生活，被整个罗塔王国的形势所左右。

阿思拉完全被西哈娜的话吸引了。

"我一直在想怎样才能保护伊翰殿下，让罗塔人、卡夏鲁人和塔鲁人都过上富裕的生活。"

西哈娜靠近阿思拉，低声说：

"这时奇迹发生了。"

西哈娜嘴角露出一丝微笑。

"先是出现了预兆。你也听说了吧？三年前匹克芽开出了黄色的花。"

阿思拉点点头。传说这是圣河出现的前兆。

"随后的半年里什么也没有发生，传言也渐渐平息。

"前年冬天又出现了一个预兆：本来只在夏天盛开的瓦梧尔花，到秋天还盛开不败，到寒冬时节仍接连开放。"

阿思拉想起来确实有这么回事。

"想起来了吗？随着预兆一个接一个出现，我开始相信圣河即将出现。

"如果塔鲁·库玛达说得没错，那么圣河不但能给人们带来恩惠，同时也潜藏着把恐怖之神带到这个世界上来的危险。对我们卡夏鲁来说，在这种时候，必须打起十二万分精神。

"不过，阿思拉，随着预言一个个变成现实，我有了和父亲完全不同的想法。"

西哈娜一直看着阿思拉。

"一直以来，传说中的塔鲁哈玛亚是残酷的神。因为这个传说，塔鲁人不得不生活在见不得光的'暗处'。可我亲眼看见有权有势的罗塔人背地里是多么丑陋不堪。所以，我开始怀疑传说的真实性。

"没有任何证据能证明关于塔鲁哈玛亚的传说是真的。谁敢说在漫长的岁月里，罗塔人没有为了自己的利益歪曲传说呢？"

西哈娜挑了挑眉，似乎在问阿思拉"对吧"。

"塔鲁哈玛亚神拥有巨大的力量，如果被心术不正的人利用，的确会变成一件可怕的事。

"不过，阿思拉，你想想，如果是一个心地纯洁的人变成了萨达·塔鲁哈玛亚，塔鲁哈玛亚神的力量不就能造福人类了吗？"

阿思拉不禁点头。西哈娜开心地笑了笑，接着说：

"对吧？你也这么想吧？想象一下，一个心地纯洁的塔鲁人，获得了这种伟大的力量，造福了整个罗塔王国，让塔鲁人和罗塔人都过上了幸福的生活。那样的话，罗塔人不就会感激塔鲁人了吗？

"这样一来，塔鲁人就不用像现在这样东躲西藏了！罗塔王国也会变得比现在更好！"

西哈娜热情洋溢地说。

"我和你妈妈还有伊亚努她们说了这些。她们听了之后非常高兴。对吧？伊亚努。"

伊亚努使劲点头。

"一直负责监视我们的卡夏鲁竟然说出这样的话，这对我们塔鲁人来说，就像是'神的话语'一样。

"在这之前仿佛有一只手在压着我们，让我们'老老实实在暗处生活'。这股力量突然消失，光明照进了我们的生活。

"啊，我们原来也可以生活在阳光下！

"因为传说被歪曲，我们恐惧塔鲁哈玛亚神。如果他能够赐予我们力量，把这个国度变得更加富裕、更加美好的话……"

伊亚努眼中闪烁着希望的光芒。

"我们意识到，如果萨达·塔鲁哈玛亚是心地纯洁、善良的人，神也一定不会变成残酷的神。那么塔鲁哈玛亚降临，我们就能重新回到光明之中。

"所以，我们不再害怕圣河即将出现的预兆，甚至迫切希望圣河能够快点出现！"

西哈娜微笑地凝视着阿思拉，一改刚才狂热的语气，平静地说：

"不久，圣河终于出现了。光明之神划破笼罩在这个国家上空的阴云，从天上降临到一个少女身上。这不是奇迹，又是什么呢？"

阿思拉突然觉得后背发凉。

"阿思拉，你是命运之子，拥有伟大的神力，能够使这个国度重获光明的神将降临在你身上。

"我们怎么会嘲笑你，阿思拉。我和伊亚努还有所有的伙伴都敬畏你，把希望寄托在你身上。"

西哈娜的话好像咒语。伊亚努恭恭敬敬地匍匐在阿思拉面前，就像在跪拜神。阿思拉眼前浮现出昨天晚上站在篝火旁边的那些人敬畏的目光，心里滋生出一种奇妙的感觉。

"阿思拉！"

耳边响起妈妈的声音，心里想起妈妈温暖的怀抱。

"太好了！你是被将要改变这个世界的神选中的孩子！

"不久，你将变成萨达·塔鲁哈玛亚，成为神人，统治这个世界！

"我们再也没有什么可怕的了！"

自豪涌上阿思拉心头，同时也让她有了一种高处不胜寒的感觉。

妈妈，阿思拉心想，如果妈妈在我身边，我就不怕了。

西哈娜似乎听见了阿思拉的心声，低声说：

"在我跪拜在你面前，向你祈祷之前，我必须向你忏悔我的罪过。我犯了弥天大罪，死不足惜。"

阿思拉颤抖地看着西哈娜。

"当你母亲托莉希亚告诉我，圣河再一次流经这片大地，你能看见圣河的时候，我没有相信她。

"伊亚努她们谁也没看见圣河，只有你一个才十二岁的孩子说看见了，这让我难以置信。

"所以，当我父亲说要处死违反禁令的托莉希亚时，我没有阻止。"

心跳越来越快，阿思拉呼吸急促，身体僵硬。

"说实话，那个时候我恨托莉希亚，埋怨她怎么能在这种敏感的时候贸然行事。如果传出塔鲁人召唤恐怖之神、图谋造反的流言，后果不堪设想。"

西哈娜继续忏悔。

"当看见发生在辛塔旦牢城的惨剧时，我如遭五雷轰顶，意识到你妈妈说的都是真的。

"我马上就知道是谁召唤来了塔鲁哈玛亚神。阿思拉，比所有人都更早发现圣河来临的你，才是真正的察玛丞！

"然而，愚蠢的我没有相信托莉希亚的话，眼睁睁地看着她被处死。"

坚强的西哈娜眼中闪着泪光，阿思拉被她打动了。

"我父亲施展咒术，通过狗的眼睛看见了辛塔旦牢城发生的情景。我心想只要阿思拉——我们的'神之子'还活着，就有希望。"

阿思拉觉得胸口热乎乎的，无法把视线从西哈娜身上移开。

"我的父亲斯发鲁坚守卡夏鲁的信条，把你当作召唤恐怖之神的人，开始追踪你。我一直跟在父亲身边，以便他找到你的时候，能够把你从他手里救出来，保护你。"

阿思拉心里的疑团一个个解开。巴尔萨说的和西哈娜说的在这里衔接上了。

"在新约格王国那个驿站，我们终于追上了你们。

"可是，那个叫巴尔萨的女保镖察觉到我父亲想杀你们兄妹，出手把你抢走了。"

西哈娜不再说话，沉默在空气中蔓延。周围只有马儿在雪地上奔跑的声音。不久，西哈娜吐了口气，摇了摇头。

"她好意救了你，却让我一直担心再也见不到你了。"

西哈娜抬起头，看着阿思拉。

"我把事情的来龙去脉告诉了那个叫唐达的人，终于从他那里打听出了巴尔萨可能落脚的地方。不过，我想无论我做什么，她都会认为是个陷阱。

　　"所以，我留下一封信让她前往吉坦，以免她把你带到别的地方去。同时，我派人驻守通往吉坦的各个要塞，打听你们的消息。"

　　啊，所以……原来，在贸易市场从万事通塔吉鲁那里打听到的消息，背后还有这样的故事。阿思拉心想。

　　阿思拉根本没想到，西哈娜说的从唐达嘴里打听出她们的落脚处云云，都是谎话。

　　"那，伊亚努她们也？"

　　"是的。我请求她们无论如何要把你带到我身边来。谁知道马上就要成功的时候，你们遇上了山贼。这次幸好有巴尔萨在，她牺牲自己救了你。"

　　阿思拉不相信巴尔萨已经死了，她始终觉得巴尔萨还活着。

　　正当阿思拉想问一问关于巴尔萨死讯的具体情况时，西哈娜说：

　　"虽然绕了一大圈，最后我们还是重逢了。"

　　西哈娜感慨道。

　　西哈娜端端正正地跪坐好，慢慢低头匍匐在地上，她的姿势如同在跪拜神。她说：

　　"神圣的阿思拉，被伟大的神选中的命运之子，请垂听我们的祈祷。

　　"请守护我们，同我们一起战斗，成为荣耀这个国度的力量。"

阿思拉全身发冷，如同沉浸在冰雪之中。

"这不仅是我们的祈求，也是您的母亲托莉希亚的愿望。"

阿思拉颤抖着，看着匍匐在自己面前的西哈娜和伊亚努。

第 三 章

萨达·塔鲁哈玛亚

有什么东西从泉水底部旋转着爬上树干，钻入阿思拉的身体里。

槲寄生环闪闪发光，塔鲁哈玛亚张牙舞爪地飞出来，在空中滑行。

阿思拉一分为二。

暴风雨来临前夕

天空阴沉沉的，雪花眼看就要飘落。唐达抬头仰望天空，哈出一口白气。

他不知道斯发鲁救出自己后过了多少天。一路上，斯发鲁带着他一边躲避卡夏鲁在整个罗塔王国布下的天罗地网，一边前行。

他们现在走的这条路四通八达，通往森林深处的小路、溪谷沿岸的小道、洞穴和瀑布后面的道路。

很多卡夏鲁走这条路，所以沿途有一些供他们休息和躲避的小屋。这些小屋是卡夏鲁之间交换消息的好地方。

前往吉坦城堡的路上，斯发鲁先派马罗鹰夏尔到前方查探，弄清附近的客栈里住着哪些卡夏鲁，以免碰上站在西哈娜那边的人。

另外，如果遇上能够信赖的伙伴，斯发鲁就请他们帮忙打探女儿西哈娜的下落和罗塔王国的消息。

卡夏鲁氏族没有统一的领导者。生活在不同河流沿岸的卡夏鲁，由不同的长老带领。斯发鲁是萨姆河派的长老，受到众多年轻人的敬仰。问题是这些年轻人也是西哈娜的堂、表兄弟，很佩服西哈娜。

斯发鲁被西哈娜软禁后，马上采取了行动。他趁西哈娜不注意，把事情的经过告诉了曾追踪过巴尔萨的年轻人马库鲁，让他去追巴尔萨和阿思拉。

马库鲁虽然不爱说话，却是个十分优秀的密探。他身手了得，曾经把巴尔萨逼得走投无路，而且诚实可靠。他像猎犬一样，一直不动声色地跟在巴尔萨护卫的商队后面。

"巴尔萨和阿思拉的行踪就交给马库鲁吧。我们得在约定时间前赶到吉坦。在这之前还有别的事要做。"

唐达担心巴尔萨的安危，提出了反对意见。不过，听完斯发鲁的想法后，他决定按斯发鲁的计划行事。

"西哈娜的阴谋关系到整个罗塔王国。她把整个王国当作一盘棋，高屋建瓴，步步为营。要想阻止她，我们就必须站在和她一样的高度上俯瞰这盘棋。"

于是，斯发鲁和唐达一边留意罗塔各地的消息，一边赶路。

斯发鲁还设法走访了散布在密林深处的塔鲁人的圣地。

在和几位熟识的塔鲁·库玛达交谈过后，他发现祭司们还没发现西哈娜的阴谋。

一路往北，他们发现一直隐藏在塔鲁人心里的某些情绪开始显露，就像藏在地底的水幻化成海市蜃楼，开始在空中摇曳。

经过漫长的岁月，当哈萨·塔鲁哈玛亚再次流经大地时，塔鲁人中出现了两种完全相反的想法。

绝大部分的祭司认为，这是考验他们是否忠诚的时刻。

他们向王国各处的圣地下达戒令，严格控制塔鲁民众的思想，防止召唤恐怖之神塔鲁哈玛亚的人再次出现。

然而，很多民众却滋生了与祭司完全相反的想法。

察玛巫已经出现的传言如燎原之火，在民众中迅速传播。

塔鲁人纷纷传言，发生在辛塔旦牢城的惨剧，是恐怖之神塔鲁哈玛亚对处死塔鲁人的罗塔人的惩罚。

传言说等察玛巫变成神人萨达·塔鲁哈玛亚后，就能把塔鲁人从痛苦的深渊里解救出来。这动摇了长期以来被轻视、被践踏的塔鲁人的心。

一个塔鲁·库玛达担忧地告诉斯发鲁，谣言不知道是哪儿传出来的，眼下塔鲁民众间有各种说法。

有传言说，罗塔王室为了统治塔鲁人编造传说，把萨达·塔鲁哈玛亚说成暴君，迫使塔鲁人为祖先赎罪。

塔鲁祭司说，这些流言动摇了塔鲁民众根深蒂固的想法。

有人说：塔鲁哈玛亚是伟大的神，塔鲁人的祖先很厉害，令罗塔人望尘莫及。如今正是抛掉"塔鲁"（阴暗处）这个重担的最佳时机。

不想让孩子和我们一样背负沉重的枷锁。命运把我们带到了"历史"的岔路口，能否给孩子一个光明的未来就在此一举——这样的想法引起了许多塔鲁人的共鸣。

越接近吉坦，这样的流言越盛。在离吉坦最近的圣地，竟然发生拉玛巫发动武装起义，把塔鲁·库玛达关起来的事件。斯发鲁使用离魂术，钻进鹰的身体里去查探，发现那里负责巡逻的队伍里，有一个醉心于西哈娜的年轻卡夏鲁。

为了镇压塔鲁人反抗而存在的卡夏鲁，竟然和拉玛巫联手谋反！

不仅如此，斯发鲁还从伙伴那里听说，北部氏族中也开始流传"伊翰殿下把北部氏族从苦难中拯救出来的时刻即将到来"的谣言。

谣言并没有说伊翰殿下具体将如何拯救北部氏族。可这使得北部氏族的年轻人都跃跃欲试，想为伊翰殿下效劳。

负责监视南方各氏族和大领主的卡夏鲁发现，这些人最近也蠢蠢欲动。

夏萨姆（过新年的那个月）二十二日，罗塔王国将在吉坦祭城举行建国庆典。

吉坦建在罗塔尔巴尔都城的所在地。第一代罗塔王基朗打败萨达·塔鲁哈玛亚后，在夏萨姆二十二日宣布罗塔王国成立。自那以后，每年的这一天，南部和北部各氏族的重要人物都会聚集在吉坦祭城，举行盛大的庆祝仪式。

南部的大领主和氏族族长早已开始做出发前的准备，今年保护他们的卫兵数量是往年的两倍。

他们向王族提出增兵的请求时，给出的理由是"北部氏族间流传着奇怪的谣言，我们要加强警戒，防患于未然"。卡夏鲁提醒王族成员，今年恰逢约萨穆陛下不在国内，他们提出这样的要求恐怕有诈，不能掉以轻心。

斯发鲁和唐达深感几个阴谋纠缠在一起，正酝酿着一场大风暴。

唐达和斯发鲁在森林中的小石屋里生起火，准备在这里过夜。

唐达用树枝串起小芋头，熟练地放在火上烤。他抬起头说：

"斯发鲁。"

"嗯？"

"你猜到西哈娜想干什么了吗？"

斯发鲁摸着马罗鹰夏尔的脖子，沉思了一阵，点了点头。

"差不多吧。动摇整个罗塔王国的这场大风浪，不是由西哈娜一个人掀起的。

"南部的大领主、北部的氏族和罗塔王室，他们各有各的筹谋，这个时候恐怖之神又将出现。这一个个波浪碰撞、叠加在一起，掀起的滔天巨浪，很可能吞噬整个罗塔王国。"

夏尔舒服地闭起眼睛，咕咕叫着。

"唐达，流传下来的不仅有罗塔尔巴尔的传说，还有王国的历史。这些历史故事让我觉得许多事情总是'碰巧'在同一时间发生。

"河流的流向也是如此，它不会一直朝着一个方向流动。本来平缓的水流也会由于河底的石头和地形，突然变成急流。

"历史也是如此。很难说是'偶然'的事件在某一刻突然一起发生，掀起巨浪。"

斯发鲁眯起眼，似乎想到了什么，说道：

"西哈娜比任何人都更早预测到了这波巨浪的来袭。

"不仅如此，她还做好了万全的准备，以便大浪来袭时能够乘风破浪。

"我隐隐觉察到她一直在寻找同道中人，扩大自己的势力范围。

"西哈娜身上有一种令人不知不觉臣服于她的力量。怎么说呢，她一直很厉害，事情总是按照她预测的方向发展，所以大家都很崇拜她。不仅是年轻一辈的卡夏鲁，就连塔鲁的拉玛巫都听命于她。"

斯发鲁的话里有着抑制不住的自豪。他自己似乎也意识到了，皱了一下眉头，清清嗓子，说起罗塔的现状。

"我们卡夏鲁一直担心，南部的氏族和王室之间总有一天会爆发冲突。

"尤其是西哈娜，她一直强调一旦约萨穆陛下驾崩，南部大领主一定会杀死伊翰殿下，篡夺王位。

"拥有第一王位继承权的自然是伊翰殿下，不过大领主也是王室的旁支，是王族的血脉。

"约萨穆王深受臣民爱戴，他在位时，南部那些人自然不敢轻举妄动。相反，伊翰殿下不仅在南部没有威望，北部年长的人也不太支持他。"

唐达把芋头翻个面，有些奇怪地问：

"约萨穆王只是暂时离开，又不是去世了，南部那些人不可能现在就对伊翰殿下动手吧？"

"嗯，我也这么认为。这次他们增加卫兵人数多半是为了示威，借此向世人宣告，我们拥有这么强大的兵力，随时能够出兵攻打我们看不上的人。"

夏尔舒服地闭上眼睛。

"在这种重要时刻，约萨穆王为什么要出席桑加王国的仪式？派伊翰殿下代表他去不是更好吗？"

唐达说完，斯发鲁摇摇头说：

"南边大陆的达鲁修帝国蠢蠢欲动，想把势力范围扩大到罗塔，所以约萨穆王才要亲自前往桑加。因为桑加是罗塔在南边的屏障，他不能错过这个当面和桑加王室交流的机会。"

"真庆幸我是个平民老百姓。"

唐达笑着说。他把烤好的芋头串递给斯发鲁，问道：

"不过，刚才你说的那些和阿思拉有什么关系？"

斯发鲁把唐达递给他的芋头串握在手里转来转去。

"西哈娜应该是想借阿思拉的力量，助伊翰殿下一臂之力。"

唐达不禁皱起眉头。

"把阿思拉当作一件武器？"

斯发鲁阴沉着脸，点点头。

"其实，约萨穆王的身体不太好。"

唐达看着斯发鲁，脸上的表情似乎在问"把这么重要的事告诉我，没关系吗？"斯发鲁并不在意，接着说：

"在约萨穆王身边的人都注意到了，他近年来经常发烧，和他父王驾崩前的状况很相似。"

唐达眨了眨眼，问道：

"所以，西哈娜知道阿思拉能够召唤塔鲁哈玛亚后就想到，万一约萨穆王发生不测，就利用她来帮助伊翰殿下继位？"

斯发鲁叹了口气，点点头。

"如果让任何一个南部大领主登上王位，罗塔王国必将陷入混乱。南北部之间一定会爆发战争，而且这场同室操戈的战争可能旷日持久。"

唐达想了想说：

"这我明白，可她也太冒险了吧。就算她顺利抓住阿思拉，也无法保证塔鲁哈玛亚的力量就能为她所用，还得看阿思拉怎么想啊。"

斯发鲁低头看着茶碗，严肃地说：

"这一点我也想不明白。不过，西哈娜这人从来不打没把握的仗，她似乎很久以前就认识阿思拉了。"

唐达想起不久前斯发鲁对他说的话。

伊翰殿下命令西哈娜寻找他失踪的恋人，为此西哈娜追查了很多年。

斯发鲁不知道的是，西哈娜早就找到了伊翰殿下的恋人，她就是齐基萨和阿思拉的妈妈托莉希亚。西哈娜没有把这件事告诉任何人，包括伊翰殿下。直到她把斯发鲁软禁起来，才告诉他这件事，企图说服他。

她明明找到了伊翰殿下苦寻多年的女人的行踪，为什么不告诉伊翰殿下？这其中肯定有什么阴谋。

"西哈娜一开始就想利用塔鲁哈玛亚的力量，所以才接近托莉希亚？"

听见唐达的嘟囔，斯发鲁抬起头，摇了摇头。

"这不可能。因为她不可能预测到托莉希亚的女儿将来会成为察玛巫。"

说着说着，斯发鲁突然想起以前西哈娜说过的话，觉得后背一阵发凉。

"要想在陀卢兹比赛中获胜，必须先在心里描绘出获胜所需要的图形，然后引导对方摆出那样的图形。"

不可能吧，就算她再厉害，也不可能有办法把阿思拉培养成察玛巫。斯发鲁心想。

召唤塔鲁哈玛亚是死罪，而且塔鲁人一直很惧怕塔鲁哈玛亚。就算西哈娜再怎么花言巧语，作为母亲的托莉希亚也不可能愿意为此牺牲女儿的性命。

斯发鲁在心里排除了这种可怕的想法。

"或许是在辛塔旦牢城看到塔鲁哈玛亚可怕的力量后，西哈娜才想到了这个计划。她自以为认识阿思拉，一定能够控制得了阿思拉，觉得这个赌局胜券在握。"

唐达喝着热乎乎的拉卡，只"哦"了一声，没再说什么。

看见唐达这副表情，斯发鲁接着说：

"对卡夏鲁而言，西哈娜的想法荒谬至极、不可饶恕。不过，如今卡夏鲁的戒律什么的，在她心里早就没有任何意义了吧。"

斯发鲁的脸色变得阴沉起来。

"现在回头想想，我想起一件事。

"萨达·塔鲁哈玛亚可怕的力量一直吸引着西哈娜。

"她曾经说过，如果她有萨达·塔鲁哈玛亚那样的神力，一定会把这个国家治理得比现在好几千倍。

"当时我说：'你别傻了！如果拥有这种无人能敌的力量，不论是谁都会变成一个独断专行的暴君，就像过去的萨达·塔鲁哈玛亚一样。'"

夏尔咕咕叫了几声。

"当时，西哈娜笑了笑，什么也没说。

"她是个非常自信的人，而且一旦下定决心做什么事，不论付出多大的代价，都会坚持到底。"

斯发鲁盯着火堆上的火苗，陷入沉思。

摇曳的火光把他拉回记忆中，想起妻子还在世时发生的一件小事。

有一天，妻子手一滑，把家里的钥匙甩了出去。很不巧，钥匙掉进了西哈娜的花瓶里。那个花瓶是去世的爷爷亲手为西哈娜做的。那个花瓶很小，只能插一枝花。瓶口很细，不管她怎么摇，钥匙都出不来。

正当妻子不知如何是好的时候，西哈娜从外面回来了。听说这件事，她把花瓶倒过来摇了几下。她发现钥匙怎么也倒不出来，就把花瓶扔到地上，打碎了。

然后，她从碎片里捡起钥匙，交给了斯发鲁的妻子。随后，她平静地扫起地来，好像什么事也没发生过。

斯发鲁和妻子都看得心里一阵发凉。西哈娜随手就把一个承载着她美好回忆的花瓶打碎了，毫不眷恋。至今，斯发鲁都忘不了西哈娜那漠然的眼神。

斯发鲁从火光中回过神，往芋头上撒了点盐，就着拉卡吃了起来。他抬头对唐达说：

"西哈娜对自己决定要做的事从不犹豫。谁要是妨碍了她，哪怕是亲生父母，也会被她视为仇敌。"

唐达感受到他话里隐藏的痛苦，低声说：

"抓住你以后，我看她一直在犹豫要怎么处置你。"

斯发鲁眨了眨眼说：

"那是因为她低估了我，认为我做不出伤害自己女儿的事。"

斯发鲁移开视线，把肉串放到火上烤。

斯发鲁可能真的做不出这样的事，唐达心想。虽然眼下自己和斯发鲁站在同一阵线上，可说不定哪天两人就会分道扬镳。

斯发鲁为了西哈娜，自己为了巴尔萨和阿思拉，道不同不相为谋。唐达在心里告诫自己，若那一天来临，绝不能有丝毫犹豫。

白烟袅袅地升上漆黑的夜空，雪花不停飘落。唐达望着天空，心想：巴尔萨，这个时候你在哪里仰望夜空呢？

"吃过饭早点睡吧。再过三天就能到达吉坦城堡。接下来，路上肯定会有更多西哈娜设下的陷阱。我们一定要养足精神才行。"

等斯发鲁说完，唐达点点头。

罗塔的冬夜寒冷彻骨，纵使厚实的毛皮也挡不住寒气。半醒半梦间，唐达看见了巴尔萨。

梦里的巴尔萨只有十二岁，还是个瘦弱的少女。她站在石屋门口，全身都湿透了，脸色苍白，全身抖得如同风中的落叶，牙齿咯咯作响。

唐达慌忙站起来，把巴尔萨拉进屋，紧紧抱住她，想温暖她的身体。可巴尔萨的身体始终冷得像冰块一样。不久，巴尔萨化作一阵青烟，消失得无影无踪。

唐达惊跳起来，吓出了一身冷汗，好像刚才真的抱着一个全身湿淋淋的少女一样。

"巴尔萨，难道……"

抑制不住的恐惧紧紧揪住了唐达的心。

难道是巴尔萨的灵魂来传达她的死讯？唐达害怕得面无血色，浑身发抖。

"怎么了？"

睡在旁边的斯发鲁坐起身来问他。唐达没有回答，直愣愣地看着前方。他想试着用招魂术，可一点也感受不到巴尔萨灵魂的气息。

"拜托，这一定要是个梦。"唐达紧闭双眼，嘴里不住地念叨。

斯发鲁皱起眉头。突然，他感觉有什么在盯着自己看，便把目光转向了石屋的门口。

门口坐着一只野兽，它的身体在月光照耀下闪着银光。是一只狼！它像冰雕一样，端坐在门口。

斯发鲁看着它的眼睛，嗅到附在它身上的灵魂发出的气息，轻轻朝它招了招手。

在猎人的小屋里

在唐达做噩梦的几刻钟前，马库鲁来到了塔鲁猎人的小屋前。他现在所处的位置离赛伊河不远。

对马库鲁来说，这是糟糕透顶的一天。

为了不让敏锐的巴尔萨发现自己，马库鲁一路小心翼翼地跟着她们。在吊桥那里发生的那场激战，害得他把阿思拉跟丢了。

马库鲁的使命是跟着阿思拉。可那时激战正酣，他没法紧跟在阿思拉后面过吊桥。

为了不被那群全副武装的男人发现，马库鲁只好像一只受惊的猴子一样爬到树上躲藏，等待事态平息。

他无意出手帮巴尔萨，多他一个，也不可能打赢那么多人。

马库鲁躲在树上观战，被巴尔萨的好身手惊呆了。他深刻体会到上次巴尔萨只是把他打晕，真是手下留情。

无奈巴尔萨寡不敌众，马库鲁只能担心地看着她被一群人逼得无路可走。

没过多久，巴尔萨砍断吊索，掉进了河里。马库鲁能做的只有闭上眼，祈祷巴尔萨平安无事。虽然他知道冬天掉进河里活下来的可能性微乎其微。

很快，那群男人搀扶着同伴离开了。马库鲁看着挂在对面崖壁上的吊桥的残骸，深深叹了口气。

往下看了一眼绿色的河流，马库鲁打了个哆嗦。河里早已没有了巴尔萨的身影。大雪纷飞，这么冷的季节，就算她爬上岸，也会被冻死。

"有工夫担心别人，不如多担心担心自己。"

马库鲁自言自语地说。

要继续追踪阿思拉，他就必须到对面去。日渐西沉，没有时间让他去找别的吊桥了。马库鲁决定先下到河边。

马库鲁沿着悬崖往下爬了许久。当他终于到达河边时，夜色已笼罩大地。

一边往下游走，马库鲁一边找晚上可以过夜的地方。就在这个时候，他闻到了一股烟火味。

这里靠近夏恩森林，罗塔人不可能在这里过夜。如果有人，应该是塔鲁的猎人。马库鲁开始循着烟味往前走。不久，他在积了一层薄雪的地面上，发现了刚留下的脚印，是两个男人抬着重物走过时留下的痕迹。

顺着这些脚印，他终于来到了猎人的小屋门前。

屋里传来争论声。他不想惹上麻烦，犹豫了一阵，转念一想，怎么也比在冰天雪地里露宿荒野强，便抬手敲了敲门。

屋里顿时安静下来。过了好一会儿，门打开了一条小缝。

"谁？"

男人的声音很嘶哑。马库鲁很有礼貌地说：

"我叫马库鲁，是个咒术师。下着大雪，天又黑了，想问问能不能让我借宿一晚。"

"说是咒术师。"男人声音嘶哑地对同伴说。"为什么他会在这里？""没事，如果想伤害我们，就不会特意跟我们打招呼了。"听见屋里传来的说话声，马库鲁清了清嗓子：

"我没有恶意。请相信我，我只想在这里过一夜。"

过了一小会儿，门慢慢打开。闷热的空气和兽皮的味道扑面而来。

马库鲁轻轻走进屋。屋里点着火炉，有些昏暗。除了站着的三个老人，还有两个人躺在铺在火炉旁边的狼皮上。

"打扰了，请允许我在这里住一晚。"

说完，马库鲁恭敬地低下头。老人们戒备地看着他，对他点了点头，算是打招呼。随着眼睛慢慢适应屋里的光线，马库鲁看清了三个人的脸，其中两个是塔鲁猎人，还有一个是塔鲁·库玛达。

然后，他看了躺在地上的两人一眼，感到很震惊。

"巴尔萨！"

马库鲁连忙蹲下，跪在她身旁。借着火光，他看见巴尔萨的黑发湿漉漉地贴在脸上，脸色苍白，一点血色也没有。马库鲁伸手探了探她的鼻息，一丝气息也没有。

一个猎人对他说：

"她被河水冲到这里，我们就把她捞起来了。我们不能让尸体漂浮在圣地附近的河里。我觉得她已经死了，他们说她还活着。"

听男人说完，马库鲁把手指贴到巴尔萨耳根旁。一下，两下，指尖传来了微弱的脉搏。

"活着！她还活着！"

马库鲁欣喜地大叫，转身对他们说：

"得赶紧让她的身体暖和起来。请问还有毛皮吗？"

说着，他无意间看了一眼躺在巴尔萨身边一动不动的男人，更惊讶地说：

"这不是亚拉姆叔父吗？！"

亚拉姆也是萨姆河一派的卡夏鲁，是马库鲁的远房表叔。马库鲁想起负责监视这一带森林的正是亚拉姆。

"不要碰他！"塔鲁·库玛达连忙出声阻止马库鲁，"亚拉姆大人正在使用离魂术，借助狼的身体奔跑。"

马库鲁"哦"了一声，点点头。亚拉姆是一个出色的咒术师，是为数不多的能够像斯发鲁和西哈娜那样使用离魂术的卡夏鲁。

塔鲁·库玛达为什么会在塔鲁猎人的小屋里？亚拉姆为什么要使用离魂术？答案恐怕只有一个。

马库鲁转过头看着坐在墙角的塔鲁·库玛达，故作镇定地问：

"您是因为在圣地无法立足，才到这里来的吧？"

塔鲁·库玛达神色复杂地盯着马库鲁看。

"是的。那里现在已经不是圣地了。军队驻扎在那里，不容我们安安静静地向神祈祷。"

马库鲁点点头。果然如此！从阿思拉被塔鲁人带走的那一刻起，他就在想，这里的圣地恐怕已经被西哈娜的人控制了。

亚拉姆为人正直，对斯发鲁忠心耿耿。他使用离魂术，借助狼的身体奔走，肯定是为了告诉斯发鲁这里的情况。

要在夏萨姆二十二日前赶到吉坦，斯发鲁差不多也该到这附近了，说不定很快就能和他碰面。

马库鲁低头看着巴尔萨，她还是没有一点要醒的迹象，鼻息很微弱。如果继续穿着这身湿衣服，她的体温会越来越低。

马库鲁从猎人手里接过几张毛皮，目不斜视地帮巴尔萨脱下湿衣服。他帮巴尔萨翻过身让她俯卧着。看见她背上那道长长的刀伤，马库鲁差点叫出声。巴尔萨掉到冰冷刺骨的河水里，伤口没有出血，可谓不幸中的大幸。不过，等她身体暖和一些，伤口难免会出血。此外，她的腹部还有一道小伤口。

马库鲁叹了口气。治疗不是他的拿手活儿，不过身为咒术师，他还是懂一些的。马库鲁对老人们说：

"有烈酒吗？我想帮她处理一下伤口。"

一个老人拿来一壶果酒，问道：

"她是谁？一个女人怎么拿着柄长枪呢？她使劲握着长枪，我们两个人动手，好不容易才把长枪从她手里抠出来。"

"她是个保镖。"马库鲁没再多说什么，开始专心给巴尔萨治疗。

第二天快中午的时候，斯发鲁和唐达在狼的引导下到达小屋。昨晚，身体冷得像冰块一样的巴尔萨又发起高烧，马库鲁几乎一夜没合眼。听见敲门声，他从瞌睡中醒来。

马库鲁开门的同时，躺在巴尔萨身边的亚拉姆叔父也发出声音，霍地坐了起来。

两个猎人不知去了哪里，只剩塔鲁·库玛达一个人坐在墙角的椅子上思考问题。

推开门进屋，斯发鲁发现马库鲁也在屋里，惊讶地睁大了双眼。

"马库鲁，你怎么会在这里？"

马库鲁正想回答，跟在斯发鲁后面的男人朝这边看了一眼，大叫着冲了过来。马库鲁赶紧侧身闪到一旁。

"巴尔萨！"

男人看都不看马库鲁和亚拉姆，用颤抖的手摸摸巴尔萨的额头，扒开眼皮看了看，又按了按她的脉搏。

马库鲁想起来这个男人叫唐达。眼看唐达精神紧绷得如同拉满弦的弓，马库鲁没敢跟他打招呼。

亚拉姆的灵魂刚刚离开狼的身体，有些茫然地看着眼前的一切。巴尔萨和马库鲁都是在他灵魂出窍之后才出现的，所以他不知道发生了什么事。

斯发鲁把马库鲁和亚拉姆叫到一旁，小声问他们各自发生了什么。

马库鲁告诉他在吊桥旁边，巴尔萨和阿思拉遭到埋伏，阿思拉被塔鲁人带走了。

"我本来想去圣地打探一下情况，转念一想，亚拉姆叔父不会离魂太长时间。于是，我决定等他醒来，和他商量一下再行动。

"塔鲁·库玛达说圣地已经变成了军队的营地，我想在还没了解到具体情况前，贸然前往也不妥。而且我想最好能在这里和斯发鲁大人会合。"

斯发鲁点点头说：

"马库鲁，你做得很好。亚拉姆，快告诉我圣地那边的情况。"

亚拉姆摇了摇头，想摆脱在狼体内时的那种晕眩感。随后，他深吸一口气，看着斯发鲁说：

"五天前，一群拉瓦鲁河一派的卡夏鲁突然闯进圣地，把我抓了起来。然后，他们指挥拉玛巫把那里变成了营地。

"前天夜里，西哈娜到达圣地。我趁她把所有人都集合起来的机会，好不容易逃了出来。

"我收到你让大家打听西哈娜行踪的口信，所以逃到这里后，就使用离魂术找你。"

亚拉姆神情严肃地问：

"斯发鲁，到底发生了什么事？卡夏鲁和塔鲁人联手究竟要干什么？"

"咔！"摩擦木头的声音响起，墙角传来嘶哑的声音。

"他们想要让这个国度回到那个恐怖的时代，想让残酷的塔鲁哈玛亚再次降临人世。"

亚拉姆皱着眉头看着斯发鲁。斯发鲁则一脸阴郁地看着他。

柴火噼里啪啦地烧着，火光摇曳。巴尔萨抬了抬眼皮。

身体仿佛不是自己的，一丝力气也没有，像个透明的空壳。很长一段时间，巴尔萨都迷迷糊糊的，不知自己身在何处，在做什么。

脸上贴着一块温暖、柔软的布。身体虽然很难受，可被一股熟悉的气息包围着，心里很踏实。周围很昏暗，安静得只能听见人的呼吸声和鼾声。她一动，抱着她的人就醒了。

"巴尔萨，你醒了？"

熟悉的声音让巴尔萨睁开了眼睛。

"唐达？"

发现自己被唐达抱在怀里，巴尔萨眨了眨眼，心想，我这是在做梦吗？

唐达松了一口气，笑着说：

"太好了！你等着，我去倒水。"

他轻轻放下巴尔萨，让她躺平，自己站起来，轻手轻脚地从水瓶里倒出一碗水，端了过来。

凉凉的水，流过因为发烧而红肿的嗓子，格外清甜。

"这里是塔鲁猎人的小屋。我马上告诉你发生了什么事，你先把这个喝了。"

巴尔萨苦着脸，吞下唐达放进她嘴里的小药丸。

“要是在我家就好了，什么药都有。现在只有我随身带的这个药丸，不过总比没有强，它也能帮你和身上的伤'战斗'。”

唐达像小时候一样，躺在巴尔萨身边，小声说起话来。

“巴尔萨，你运气可真好。刚看见你的时候，我以为你已经不行了。”

唐达像在自言自语。巴尔萨半闭着眼睛，听他说话。

唐达把之前发生的事一件件说给她听，巴尔萨心里的迷雾渐渐散去，明白自己为什么会出现在这里。当她听说西哈娜和斯发鲁的目的不同时，赫然觉得心里很多谜团都解开了。竟然能在这种情况下遇到唐达，巴尔萨觉得自己太幸运了。

随着事情的真相越来越清晰，巴尔萨心里的痛苦和自责也越来越深。

阿思拉！如果不是因为自己轻信伊亚努，阿思拉也不会被掳走。

唐达告诉巴尔萨围绕着阿思拉的巨大阴谋，巴尔萨静静地听着。

等唐达说完后，巴尔萨睁开眼问：

“斯发鲁他们已经不在这里了吧？”

巴尔萨听出来，除了他们俩，这里只有三个人的呼吸声。

“嗯。斯发鲁他们趁还有时间，往吉坦的方向追踪西哈娜那些人去了。”

巴尔萨叹了口气，她发着烧，说话很费劲。

“夏萨姆二十日，晨钟响起之际……

“西哈娜以为能在两天之内说服阿思拉，让她按自己说的去做。

"她想用阿思拉哥哥和妈妈的事做'撒手锏'。"

想起阿思拉哭着说哥哥在梦里伤心地看着自己，巴尔萨闭上了眼睛。

第二天早晨，巴尔萨醒来的时候，两个猎人已经出去了。屋里只剩下坐在墙角默祷的塔鲁·库玛达。

一瞬间，巴尔萨恍惚觉得被唐达抱在怀里的情景是个梦。下一刻，唐达打开门拎着水瓶走了进来。

"哟，醒啦？"唐达用手摸了摸巴尔萨的额头，说道，"巴尔萨，你恢复得很快，就是还有点低烧。马库鲁那家伙虽然将伤口缝得不太好看，疗伤还是有一套的。

"你的运气太好了！大冬天掉到河里，没被冻死，也没被憋死。马库鲁说这多亏了你身上穿的那身衣服。衣服和头巾是羊毛织的，羊毛用油处理过，脖子上又裹了修玛，你才没被冻死。因为冰冷的河水，伤口没有出血，你才捡回一条命。还因为有长枪和头巾，你的头才能浮在水面上，没有窒息。"

火炉上方挂着一口又黑又亮的锅。唐达把锅里的东西倒进碗里，加上蜂蜜，拿了把勺子，端给巴尔萨。

"这是大麦粥，里面加了很多牛奶，很好喝。"

看着巴尔萨一口口把粥喝掉，唐达脸上露出了满足的神情。巴尔萨不时停下来喝口茶，慢慢地把一碗粥都喝了。

唐达想让她躺下休息，又想到她背上有道伤口，可她刚吃完也不能马上就趴下。

唐达摸着下巴想了想。过了一会儿，他靠在暖炉旁边的墙上，轻轻拉过巴尔萨，让她靠在自己身上。

巴尔萨任由唐达摆弄。不一会儿，她终于找到一个不会碰到伤口的姿势，舒服地叹了口气。

"我睡了一天一夜？"

"嗯。"

"那今天已经是夏萨姆十七日了？"

唐达脸色一沉。

"巴尔萨。"

"从这里到吉坦骑马大概要两天，明天之前我得恢复体力。"

唐达沉默了许久，两人静静听着柴火噼里啪啦的声音。终于，唐达开口说：

"好，那我们一起去吧，去看看等待他们的是什么样的命运。不过，说实话，我不认为你还能为他们做些什么。"

巴尔萨平静地听唐达说着。

"事情已经关乎整个罗塔王国的命运。阿思拉已经被带到伊翰殿下面前了吧。"唐达话里有一丝苦涩，"如果齐基萨和阿思拉知道眼下的情况，应该也会想帮助伊翰殿下吧。毕竟那是他们妈妈深爱过的人，而且一直在尽力帮助塔鲁人。就算没有西哈娜的阴谋，他们也会这么做吧。"

巴尔萨想起阿思拉说"塔鲁哈玛亚是惩罚坏人、拯救世界的神"

时，那顽固的表情。

阿思拉的妈妈因为是塔鲁人而遭到歧视，不能和喜欢的人在一起。她一直向女儿灌输这样的观念：把塔鲁哈玛亚塑造成恐怖之神的传说是一个谎言，是一个为了贬低塔鲁人而编造出来的谎言。事实上，塔鲁哈玛亚是能够把这个世界变得更加美好的、至高无上的神！

阿思拉对妈妈的话深信不疑，所以，她才会主动召唤塔鲁哈玛亚吧。

巴尔萨想起阿思拉消灭狼群后的目光和沉浸在巨大的神力带给她的快感之中的神情。

阿思拉当着众人的面召唤塔鲁哈玛亚，变成令人恐惧的神人。然后，阿思拉变成了至高无上的神。这恐怕就是那个孩子最终的命运吧。

可是……

"阿思拉才十二岁啊。"

巴尔萨喃喃地说。她想起那个哭喊着说"哥哥在梦里责备我"的阿思拉。

那个孩子其实已经意识到了自己的阴暗面：因为憎恶而杀人，醉心于能够帮助她消灭狼群的强大力量。

巴尔萨闭上眼，想起十二岁时的自己。

那时，她开始意识到潜伏在自己心底的、对于血腥战斗的渴望。当她痛殴那个叫她"野狗"的少年时，一阵令人战栗的快感传遍全身。

每当她想到自己内心的阴暗时，就会努力将一切归咎于自己不幸的遭遇。

因为她害怕看见自己灵魂中丑陋的一面。

然而，佯装不在意这些，苟且偷生，等待她的却是更难熬的岁月……

"为什么我会遇上阿思拉？"

巴尔萨想起那个穿着漂亮的粉色衣裳，脸色红润，一脸幸福地微笑着的阿思拉。她和自己不一样，本来是个温柔的孩子。

"唐达，你昨晚说，"巴尔萨低声说，"西哈娜站在高处俯视着这个大棋盘。她考虑的是整个罗塔王国的权力关系、王族的存亡、塔鲁人的解放这样的大事。"

"嗯。"

巴尔萨闭上眼，想了一阵。

"什么大棋盘，对我来说根本无所谓。什么神啊、王族啊，也和我没关系。"

巴尔萨睁开眼，看着在火光中摇曳的椅子的影子，说："我无法容忍的是，不仅是西哈娜，就连阿思拉的妈妈都怂恿她去杀人！"

巴尔萨的声音低沉、喑哑。

"得有人告诉她，杀人是件多么可怕的事。"

唐达不知该说些什么。

巴尔萨紧紧握着唐达的手腕。"杀了人，在前方等待她的将是无尽的黑暗，她这一生都将不得安宁。"

巴尔萨靠在唐达肩头，没有看见泪水从他的眼眶滑落。唐达没有伸手去擦眼泪，也没有说话，一直看着墙壁。

吉坦重逢

吉坦祭城位于草原与夏恩森林的交界处。

祭城背后是平坦的丘陵，再往后是一片茂密的森林。祭城四周高墙耸立，只有南侧的正门和北侧的后门两个入口，正门的入口处有两座尖塔。外墙的内侧还有一圈低矮的内墙，内墙里便是祭祀的场地。

出祭城南门后，有一条向西南方向延伸的石板路，穿过草原，通往平坦的丘陵。伊翰居住的吉坦城堡就位于那片丘陵之上。

离举行建国庆典的日子越来越近，丘陵脚下那些百姓开的商店也热闹起来。来自王国各地的行人涌进城里，许多江湖艺人也聚集到这里。各色彩旗随风飘扬，点亮了冬日阴沉的天空。

一旦穿过悬挂在城外护城河上的活动吊桥，进入城内，气氛便为之一变。

吉坦城堡和都城一样，是一座大城市，王国各地的氏族陆续聚集到这里，武士纷纷在前庭安营扎寨。

大领主和氏族族长等上层人士居住在城内豪华的客房里，一般武士只能住在厚羊皮毡搭的帐篷里。

北部氏族的帐篷和南部氏族的帐篷分别搭建在前庭的东、西两侧。双方看对方的眼神都带着刺，这让城内的气氛十分沉闷。

阿思拉坐的马车没有驶入城内，而是朝着耸立在祭城北边的森林驶去。

还没靠近祭城背后的森林，阿思拉就感应到了那条源自异世界的河流。几条波光粼粼的小河在这里汇聚成一条大河。西哈娜为什么看不见这奔腾而来的河流呢？阿思拉觉得很不可思议。

阿思拉眯起眼，全身心地去感受那条河流的存在。伊亚努似乎也看到了一些，不安地一直眨眼。

我们正朝着河流的源头驶去，阿思拉心想。

阿思拉想起妈妈过去常念的一段圣传里的话：

那里有高耸的雪山。
当永恒之春降临众神居住的世界，
雪山融化，
洁白的雪水化为千道细流，流向人间。
源自遥远的神之世界的河流，将滋润大地，
神圣的苔藓因喜悦而闪闪发光。

最深的河流，

从圣泉喷涌而出，

润泽这片大地。

圣泉之中，

生长着一棵永恒之树。

从前，有位姑娘沉浸在泉水中，

摘下永恒之树上的槲寄生环，戴在脖子上。

槲寄生环乃恐怖之神通往人世之门。

泉水中有恐怖之神塔鲁哈玛亚，

他乃众神之母阿法鲁神的逆子，

穿过神之门，降临人世，

寄居于圣泉中的大树之上。

成为神之门者，将获得永生，

恐怖之神威震四海，光耀人世。

……不服从恐怖之神者，将陷入永恒的沉默。

"已经离圣泉不远了吧？"

听见阿思拉的话，西哈娜转过身来，问道：

"你看见了圣传里说的'神的河流'了？"

阿思拉点点头。西哈娜微笑着说：

"从这片森林到祭城，再到城堡一带都是罗塔尔巴尔都城的所在地。这附近的森林是禁地，平时不许人们靠近。

"快看，萨达·塔鲁哈玛亚的宫殿就在那附近。"

西哈娜隔着车夫的肩膀，指着前方。那里的树木格外茂盛，郁郁葱葱，透过树枝间的缝隙能隐隐看见祭城北门的塔尖。一群猴子在树枝间跳来跳去，吱吱乱叫。

阿思拉倒吸了一口凉气——两个场景重叠在一起了！

透过茂密的森林，透明的水面波光粼粼。

水里有……好大一棵树！树干有城堡的尖塔那么粗，树枝直插云霄，树干和树枝上长满了闪闪发光的匹克芽。

树根部有石头修建的宫殿的残骸，像幻影一样。清澈的泉水不断喷涌而出，泉水深不见底。

西哈娜看不见吗？马车正朝泉水泛滥而形成的湖中驶去。阿思拉心想。

"停车！"

阿思拉大叫。

身体抑制不住地颤抖。她有预感，如果她踏入泉水，就会发生意想不到的事。胸前的槲寄生环发出光芒，阿思拉感到塔鲁哈玛亚蠢蠢欲动，连忙握住西哈娜的手。

"停车！不能再往前走了！"

车夫连忙停下马车。阿思拉走下马车，避开从泉眼中流出来的泉水形成的河流，握紧颤抖的手，凝视着眼前壮丽的景色。

神之守护者·下 归去篇

一股清香扑鼻而来，很像她在森林深处发现瀑布时闻到的那种香味。

妈妈，我终于来到这里了。阿思拉在心中低语。

"你看见什么了，阿思拉？"

阿思拉没有转身，开始描述起眼前的景色。最后说："这里是神的世界和人的世界的交界处，我们不能进去。"

西哈娜点点头，说：

"阿思拉，请为我们带路，走那些您认为可以走的地方。我们的帐篷搭在那个尖塔下面，靠近祭城外墙的地方，从这里走过去也能到达。"

西哈娜对阿思拉说话的语气变得十分恭敬。

跟随她们的塔鲁人，那些天生能够感应到神的气息的拉玛巫，虽然不能像阿思拉那么清楚地看见异世界的景色，但他们闻到了一股香气，看见了透过大树的枝丫照射进来的阳光。

阿思拉发现，从马车上下来的人，看向自己的目光充满了敬畏，如同在仰视神殿，这让她心里五味杂陈。阿思拉迈步往前走，一群人默默跟在她身后。

不久，一行人走出森林。前面是一道斜坡，站在斜坡上能够看见远处的吉坦祭城。他们走下斜坡，一步步走近扎在森林与城墙之间的帐篷。

这里离吉坦祭城的北门很远，有五顶帐篷。西哈娜拉起阿思拉的手，走向最大的那顶帐篷。到了帐篷门前，她低下头，恭敬地说：

"阿思拉，请进。您的哥哥在帐篷里等您呢。"

西哈娜掀起厚厚的门帘，阿思拉隐约看见帐篷里站着一个人。

帐篷中央摆着一个火盆，盆里的柴火熊熊燃烧。火盆旁边站着齐基萨。

"阿思拉！"

阿思拉迫不及待地飞奔到哥哥怀中，紧紧抱住哥哥，感受哥哥的体温，闻着哥哥身上熟悉的味道。

阿思拉放声大哭，泪水止不住地流。

"哥哥！哥哥！哥哥……"

齐基萨也哭了，抱紧妹妹低声啜泣。

西哈娜伸手把蹲在肩头的小猴子抱下来，放在墙角，自己掀开门帘走了出去。

阿思拉和齐基萨坐在火盆旁边的椅子上，诉说起两人分别后各自遇到的事。两个人都觉得经历了一段很长很长的旅程，很难相信从妈妈被处死到现在才过了不到两个月。

为什么？两个人好不容易重逢了，可她心里还是像遇见巴尔萨之前那么不安。

"哥哥，接下来我们该怎么办？"

齐基萨低声说：

"我也不知道，可这件事一定要由我们自己来决定。"

阿思拉点点头，同意哥哥的话。今后到底怎么办，只能由他们自己来决定。

她知道西哈娜和伊亚努的愿望，她们迫切希望她能变成萨达·塔鲁哈玛亚。

　　现在，阿思拉已经知道怎样才能变成萨达·塔鲁哈玛亚：走进圣泉，爬上那棵大树，脖子上的槲寄生环就会变成神降临人间的大门。

　　"可那样的话我就不再是人了。"

　　好不容易才和哥哥重逢，一旦变成萨达·塔鲁哈玛亚，她就再也不可能过回原来的生活了。

　　"好像做了一个很长的梦，"阿思拉看着眼前跳跃的火苗说，"我竟然命中注定要变成萨达·塔鲁哈玛亚，真是不可思议。"

　　"是啊，一切都像一场梦，一场扭曲、可怕的梦。"

　　阿思拉抬起头看着哥哥，问道：

　　"哥哥，你见过伊翰殿下了吗？"

　　齐基萨摇了摇头。

　　"有人告诉我，等你到了，我们就能见到伊翰殿下。"

　　齐基萨茫然地看着火苗。

　　"我从那个叫西哈娜的人那里听说了妈妈和伊翰殿下的事，终于知道妈妈为什么那么怕见罗塔人了。我也弄不清自己想不想见伊翰殿下。"

　　齐基萨忍住不哭出声，说道：

　　"我应该以什么样的态度去见他？跟他说什么？我总不能说'托您的福，我妈妈受了很多苦'吧！"

　　想起妈妈的表情和妈妈的话，两个人都无声地颤抖起来。

"如果这一切都是谎言该有多好。如果一切都是那个叫西哈娜的人，编造出来的弥天大谎……"

齐基萨把脸埋在臂弯里，哭得像个孩子。

借助猴子的眼睛和耳朵，西哈娜一直在偷听阿思拉和齐基萨聊天。听到这里，她悄然离去。

她一边巡视帐篷四周的防守，一边向伊翰居住的城堡走去。

西哈娜避开人来人往的大街，利用连接祭城和城堡的地下通道，往城堡走去。

西哈娜的祖先在河流沿岸的堤坝挖洞而居，在遥远的罗塔尔巴尔时代被任命为斯鲁·卡夏鲁。他们挖掘的地下通道四通八达，现在仍在被后代子孙所用。

地道历经漫长的岁月依旧坚固，里面湿气沉积，寒冷彻骨。罗塔国的开国君王基朗当年就是利用这条通道，在斯鲁·卡夏鲁的引领下，前去暗杀萨达·塔鲁哈玛亚。

当年，基朗王也像现在的西哈娜一样，一边冻得瑟瑟发抖，一边哈着白气，沿着这条通道往前狂奔的吧。

这条地下通道不仅通往城堡内部，还通往一些令人意想不到的地方，比如祭坛内部。

走了许久，西哈娜进入城堡地下。她走到只有卡夏鲁才知道的通往城堡的那扇门前，门旁点着一盏小油灯。"咔嚓"一声，门突然被打开，拉瓦鲁河一派的卡发姆走了出来。卡发姆看见西哈娜，小声说：

"你要去见伊翰殿下？"

西哈娜点点头。卡发姆脸上出现略带紧张的微笑。

"终于……"

西哈娜看着一路和自己一起走来的伙伴。

卡发姆说话刻薄，同伴都有些怕他。不过，他很聪明，是为数不多让西哈娜觉得值得交往的人。

罗塔王国像一棵摇摇欲坠的大树。从十四五岁开始，西哈娜和卡发姆就为此感到忧心忡忡。

作为卡夏鲁，以监视他人为己任的西哈娜很了解王国各阶层的不满。

南部大领主感到不满，北部年轻人感到不满，罗塔民众也感到不满。他们的怨愤交织在一起，形成了一张错综复杂的网。

表面上，罗塔王国在约萨穆王的带领下一片太平。其实，这个国家早已危如累卵，离覆灭只有一步之遥。约萨穆王是个明君，但他绝不会大刀阔斧地进行改革。和历代罗塔王一样，他只会墨守成规，以此保证王国的和平。

这样下去，总有一天矛盾会爆发。罗塔王国就像一棵大树，各种不满一点一点腐蚀着这棵大树，最终它会被蛀空，轰然倒下。

西哈娜一直为此感到不安。

自己能够如此清晰地看见的"未来"，为什么其他人就看不见呢？

"利用计谋操控国王本来应该是卡夏鲁的强项，想办法让不愿改革的国王进行改革才是卡夏鲁应该做的事。"

从前，西哈娜曾经对卡发姆这么说。那时，卡发姆激动地说：

"那是不可能的！我们的父辈和王族一样都是死脑筋！他们认为只要把地面夯实，不让涌动在地底的不满喷涌出来就可以了。"

卡发姆常常对西哈娜这么抱怨。他觉得自己能看透一切，高人一等。不过，他也只是跟西哈娜抱怨抱怨罢了。

有一天，西哈娜躲在自己昏暗的屋子里，背靠着冰冷的墙壁，透过放在墙角的镜子看见了自己的样子。

那一刻，她突然对只会和卡发姆在一起抱怨的自己感到厌恶。

从那时候起，她的心底就像压上了一块冰冷坚硬的石头。

西哈娜想：为什么不试着去改变？试着用自己的力量去改变这个国家。如果是我，一定能解开这一团乱麻，改变这个国家！

这个念头出现的瞬间，一直盘踞在她心底的不安消失了。就像玩陀卢兹时，面对值得费心思考的盘面，她心里既紧张，又跃跃欲试，充满干劲。

时机还不成熟，还差点什么。西哈娜在心里想。

就像玩陀卢兹一样，先要在脑海中描绘出"胜利的蓝图"，才能知道第一步该怎么走。可时机不成熟，她还没看清"胜利"是什么样的。

自那以后，西哈娜一直在为罗塔王国的未来筹谋。

在为伊翰王爷办事的过程中，她在这个大胆改革的年轻男人身上看到了一丝希望。

她觉得只有伊翰当上罗塔王，这个国家才有可能发生变化。

不过，伊翰想登上王位，必须迎接一个极大的挑战。

因为约萨穆王一旦去世，南部大领主势必起兵反抗，杀死伊翰，篡夺王位。

西哈娜想为伊翰招兵买马，在关键时刻形成一股出人意料的力量帮助伊翰。这是第一步！

西哈娜万分谨慎地开始推进计划。首先，她笼络了几个能够为她所用的年轻卡夏鲁。

一些年轻的卡夏鲁对目前的形势很不满，这让斯发鲁等父辈很头疼。其中一部分人，只要给他们一个目标，他们就会为实现目标而拼命努力。西哈娜巧妙地抓住了这些人的心。

卡夏鲁只有躲在暗处才能发挥真正的作用。于是，西哈娜瞒着父亲，培养出一群躲在卡夏鲁背后的"卡夏鲁"。

在时机成熟前，她不打算告诉伊翰殿下这件事。

幸运的是，伊翰越来越信任西哈娜。因为她聪明机智，了解王国各地暗地里的情况。西哈娜逐渐在心中规划出一张宏伟蓝图：帮伊翰登上王位，自己在暗地里辅助伊翰，改变这个国家。

后来，西哈娜发现要想实现这个目标，首先要解决一个大问题。

伊翰最信任的人是王兄约萨穆。如果崇尚和平的约萨穆留下遗言，要求伊翰"即使南部大领主篡夺王位，也不能同室操戈，使罗塔人民手足相残，血流成河"，那伊翰一定不会违背他的遗言。

西哈娜需要一把能够打开伊翰心门的钥匙，让自己成为伊翰最信任的人。

没想到，她很快就获得了这把"幸运钥匙"。

她找到了伊翰昔日的恋人托莉希亚，手里有了能让伊翰在关键时刻听从自己指挥的棋子。

为了托莉希亚，哪怕遭到罗塔人反对，伊翰也一直在努力提高塔鲁人的地位。既然托莉希亚对伊翰有这么大的影响力，不妨通过她来控制伊翰。

问题是，为了不被罗塔人发现，托莉希亚一直躲在密林里生活，不会轻易相信西哈娜。西哈娜一直在思考，怎么才能获得托莉希亚的信任。为此，她主动接近阿思拉，陪她玩，还利用猴子监视托莉希亚。

托莉希亚长得很漂亮，可总是郁郁寡欢。她诅咒命运的不公，对自己的遭遇难以释怀，时常流露出忧郁的神情。

找到了！西哈娜心想。如果能给托莉希亚这种不满的情绪找一个出口，一定能俘获她的心，让她站在自己这边。

西哈娜决定放手一搏。有一天，她突然出现在托莉希亚眼前。

托莉希亚害怕、戒备地盯着西哈娜。西哈娜告诉托莉希亚，自己是卡夏鲁，负责监视塔鲁人。

"不过你不用担心，我是来帮你的。我透露自己的身份，已经犯了卡夏鲁的大忌。

"如果不信，你可以去向塔鲁·库玛达告密，说我暴露了自己的身份。只要祭司把这件事告诉其他卡夏鲁，我就会因为破坏卡夏鲁的戒律被抓起来。"

看到托莉希亚的眼神有一丝动摇，西哈娜不失时机地说：

"伊翰殿下到现在还惦记着你。"

听到这句话，托莉希亚不禁开始发抖，露出恐惧的表情。

"不过你放心，我知道你为什么离开殿下，不会把你的行踪告诉他的。我一直在暗中保护你，你太可怜了，吃了很多苦吧。"

眼泪从托莉希亚的大眼睛里掉下来。

没过多久，托莉希亚就对西哈娜敞开了心扉。有很多心事，她只能向西哈娜倾诉。

比如，身为塔鲁人是多么不幸，自己为什么要受那么多苦……

有一天，西哈娜说的一番话，成了改变托莉希亚和阿思拉命运的契机。

"之所以会有'塔鲁'这个称呼，全是因为那个传说，你有没有想过那个传说本身可能是假的？

"罗塔人说残酷的神统治了罗塔尔巴尔，或许是为了美化基朗王篡夺王位的举动。

"你们的祖先害怕被灭族，为了躲过新任统治者的杀戮，便发誓从此隐居避世。

"不知从什么时候起，这被当成了一种真正的信仰。塔鲁·库玛达是一群蠢货，固执地相信这个谎言，从不怀疑，以致你们的族人一直以来不能抬起头来做人。"

这番话对托莉希亚造成的冲击，大大超过了西哈娜的预期。

托莉希亚对这番话深信不疑，梦想能够在塔鲁哈玛亚的带领下改变罗塔王国。

"我一直很不幸。"有一次，托莉希亚脸色苍白地对西哈娜说，"因为身为塔鲁人，所以被迫离开了心爱的人。不仅如此，还和父母、亲人断绝了关系，一直东躲西藏，生活在恐惧中。好不容易有了自己的家庭，丈夫又被狼咬死了。

"如今连我自己也病了，胸口疼得像有一团火在灼烧，我的日子不多了。"

她说的应该是真的，正常人不会像她那么瘦。

"阿思拉显露出了异能者的能力，可我不想让她成为拉玛巫。拉玛巫不能结婚，只能默默地在见不得光的地方生活。我不想让她过上那样的生活。"

托莉希亚眼睛里闪烁着奇异的光芒，盯着一个地方看，悲伤地说：

"我就像一颗石子，被命运不停地摆弄。但我绝对不会让孩子重蹈我的覆辙。一想到我死了以后，那两个孩子不知道会变成什么样，我就睡不着觉。你真的会帮我们吗？我死了以后，你也会照顾他们俩吗？"

托莉希亚看起来弱不禁风，随时会倒下，可一旦钻起牛角尖来，不知道会做出什么事。

西哈娜想起那时的情景，心想：她舍弃自己的生命，帮助女儿成功获得了无人能敌的神力。那时，西哈娜并没有想到，托莉希亚已经考虑得那么长远了。

就像被压弯的树枝，一有机会就会反弹。

见托莉希亚如此热心，西哈娜开始考虑如何笼络这些塔鲁人。让人意外的是，年轻的拉玛巫对西哈娜的想法产生了强烈共鸣。他们也都是被压弯了的树枝。

西哈娜敏锐地感觉到，这种"不满"能成为一股十分强大的力量。

怎么利用这股黑暗势力？意外获得强大的助力让西哈娜有些不知所措。

塔鲁人的价值在于，他们虽然不能上战场打仗，却因为被忽视，反而有可能在关键时刻成为伊翰的救兵。

当陀卢兹陷入僵局时，换一个角度看就能杀出一条血路。

看清今后的前进方向后，西哈娜马上意识到她要改变过去的想法。

要从根本上改变罗塔王国，不仅要让伊翰殿下登基，还要改变罗塔人根深蒂固的想法。

塔鲁人受到欺辱的根本原因在于那个神话传说。直觉告诉西哈娜，颠覆那个传说正是通往胜利彼岸的捷径。

一开始，西哈娜不知道怎样才能把对塔鲁哈玛亚的信仰转变为拯救罗塔王国的力量。

随着预兆一个又一个出现，拉玛巫们越发觉得有希望。然而，西哈娜不想把希望寄托在"预兆"这种不切实际的东西上。

有一天，托莉希亚激动地跑来告诉西哈娜，"圣河终于出现在罗塔大地上了"，可西哈娜并没有相信她。

西哈娜认为，这不过是狂热的托莉希亚产生的幻觉。

又过了不久，十分钦佩西哈娜的拉玛巫伊亚努告诉她，有证据证明圣河真的出现了。亲眼看见神殿里闪闪发光的匹克芽后，西哈娜全身一阵战栗。

命运之神为自己铺平了前方的道路！这种感觉像雷电一般击中了西哈娜。

历史的车轮开始缓缓滚动。一道道波浪叠加在一起，即将形成一道巨浪。如果能够控制好浪头前进的方向，就能改变罗塔王国。

"胜利的蓝图"异常清晰地浮现在西哈娜脑海中。转眼，西哈娜已在心中制订好了到达胜利彼岸的计划。

战栗的快感袭击了西哈娜。

塔鲁哈玛亚就是夺取"胜利"的最后一步！

谁能拥有比神更至高无上的权力？

听说托莉希亚为了召唤塔鲁哈玛亚，带着阿思拉闯入禁地——萨达·塔鲁哈玛亚之墓时，西哈娜想出了一个极其残忍的计策。

相传，只要萨达·塔鲁哈玛亚因身陷险境而发怒，恐怖之神塔鲁哈玛亚就会现身。想知道母女俩究竟谁才是萨达·塔鲁哈玛亚，最好的办法就是让她们面临死亡。

顺利的话，西哈娜就能得到这个实现梦想的棋子。

辛塔旦牢城发生惨案本来是个坏消息，可对西哈娜而言却是个好消息，表明她离梦想又更近了一步。

虽然中途出了意外，兜了个大圈子，现在西哈娜心中的宏伟蓝图终于要绘制完成了。更幸运的是，目前约萨穆王不在国内，这是她们发动最后一击的绝佳机会。

不到最后一刻绝不能掉以轻心。一定要小心谨慎，步步为营。

"卡发姆，我先看看伊翰殿下是什么态度，再见机行事。都准备好了吧？"

卡发姆用力点点头。

铃声响起，通知伊翰西哈娜来了。听到铃声，伊翰的儿子萨翰猛地抬起头。

伊翰在书房里写东西，不时低头看看在他脚边玩耍的儿子。妻子听说有个行脚商人带了很多漂亮衣服来，就兴冲冲地带着女儿到后院去了，把五岁的儿子萨翰留给伊翰照顾。

"父亲，铃响了。"

萨翰不高兴地皱起眉头。他讨厌这个铃声，因为每次铃声一响，他就会被下人带回房间。

伊翰站起来，抱起儿子，对他说：

"萨翰，总有一天你会知道这铃声代表着什么，因为你是王室的子孙。"

伊翰怜爱地用浓密的胡子蹭蹭儿子的小脸，把他交给走进来的下人。

萨翰走后，伊翰说：

"出来吧，西哈娜。"

西哈娜无声无息地出现在伊翰面前。伊翰神色紧张地问她：

"带来了吗？"

"是的，殿下。"

西哈娜仰视着高大的伊翰。

伊翰眼中闪烁着光芒，问道：

"西哈娜，托莉希亚的女儿真的是察玛巫吗？"

西哈娜点点头。伊翰虽然嘴上这么问，心里却知道那是真的。

此前在王宫和西哈娜交谈后，他马上赶到辛塔旦牢城，打开被处死的女人的墓验证过了。墓里的尸体虽然面目全非，伊翰还是认出了她是自己昔日的恋人托莉希亚。

因为天气寒冷，尸体没有腐化。如今，那张没有一丝血色的脸，经常出现在伊翰梦中。

"殿下，那个孩子真的拥有神力，能够召唤塔鲁哈玛亚。她从新约格王国到这里来的路上，经过了拉库鲁地区。在托鲁安附近的时候，他们遇上了狼群。她一个人消灭了一大群狼，救了商队的伙伴。"

西哈娜说为了慎重起见，她派人去检查过那些狼的尸体。

"狼身上的伤口和辛塔旦牢城的那些尸体身上的一样。"

说完，西哈娜看着伊翰，说：

"殿下，您考虑过我说的事了吗？"

深深吸了口气，伊翰严肃地看着娇小的西哈娜，平静地说：

"让我利用比千军万马更强大的塔鲁哈玛亚的神力那件事吗？"

西哈娜点点头。伊翰眼中闪过利刃般锐利的光芒，问道：

"西哈娜，你为什么要选王兄不在的时候和我说这件事呢？想怂恿我篡权夺位吗？"

西哈娜没有马上开口辩解，她知道，稍有不慎自己就有可能被处以极刑。

西哈娜凝视着伊翰。

"您认为我会做那样的事？"她的声音十分平静，没有一丝胆怯，"我的愿望只有一个，那就是约萨穆陛下创造的太平盛世能够延续下去。不过，殿下，作为卡夏鲁，我知道约萨穆陛下身体抱恙，也知道南部的大领主们是怎么想的，所以我知道王室面临着什么样的危机。"

西哈娜的眼神变得犀利起来。

"请恕我僭越，按照古老的盟约，在与塔鲁哈玛亚有关的事上，卡夏鲁拥有发言权。请允许身为卡夏鲁的我说几句。

"万一约萨穆陛下有什么不测，等到南部大领主起兵谋反，再作打算就太晚了。如果殿下您拥有比千军万马更强大的力量，就能防患于未然。"

火苗在西哈娜眼中闪烁。

"您问我为什么现在跟您说这件事。殿下，我也想知道，哈萨·塔鲁哈玛亚为什么正好在这个时候出现在罗塔？

"为什么又这么巧，您所爱之人的女儿获得了召唤塔鲁哈玛亚的力量？您不认为这一切都是伟大的神的旨意吗？"

伊翰似乎被打动了，眼里出现了一丝犹豫。为了掩饰自己的动摇，伊翰低声说：

"作为卡夏鲁的你认为这是神的旨意？为了阻止萨达·塔鲁哈玛亚复活而存在的卡夏鲁这么认为？"

西哈娜点点头，目光中有一丝挑衅，说道：

"是的，所以我才这么说。我不像我的父辈那么墨守成规，我想把塔鲁哈玛亚带来的祸转为福。"

西哈娜毫不犹豫地说：

"殿下，察玛巫已经出现了，她拥有的巨大力量既能拯救罗塔，也能毁灭罗塔。

"您想怎么安置那个女孩？放虎归山？处以极刑？冒着辛塔旦牢城的惨剧再次发生的危险。"

伊翰无法回答。

西哈娜低声说：

"请您好好想想，阿思拉只是个十二岁的孩子，像她这个年纪的孩子还很听大人的话，只要您对她加以引导……"

西哈娜的声音变得有些沙哑。

"那样一来，这个国家就会改变。约萨穆陛下就不用再受南部大领主的钳制，能够实施仁政。塔鲁人也能获得幸福，就像殿下您一直期盼的那样。

"为了国家和人民的幸福，请您接过这把正义之剑吧！"

西哈娜不再说话，令人窒息的沉默蔓延。

伊翰脸色苍白，额头上布满汗珠，说明他也在犹豫、挣扎，不知道该怎么办才好。

长长的沉默过后，伊翰终于开口说：

"是啊，我也想过很多次。假如我拥有足够强大的力量，南部那些腐朽的大领主就不敢净说废话，一切都会变得不同。

"我也能分担王兄肩上的重担。他一直在拼命维护这个摇摇欲坠的国家。"

伊翰痛苦地说：

"不过，西哈娜，这不是身为罗塔王族的我该做的事，否则历代罗塔王的努力就会化为乌有。

"罗塔王的使命是听取各个氏族族长的意见，使他们的想法达成一致。罗塔王绝不能成为萨达·塔鲁哈玛亚那样的暴君，以暴力镇压人民！"

伊翰两手摸着脸，喃喃地说：

"如果是王兄，肯定会这么说吧。"

西哈娜变得面无表情。

"那您打算怎么处置那两个孩子呢？"

伊翰看着西哈娜，眼里藏着深深的痛苦。

"等王兄回来，我和他商量之后再做决定。总之，你先带我去见他们吧。"

西哈娜点头，带着伊翰走出去。一边走，一边在心底盘算该让卡发姆进行下一步计划了。

听到帐篷外传来的嘈杂的声音，阿思拉和齐基萨握紧对方的手，站了起来。

门帘被掀开，冷风灌进帐篷。一个身材魁梧、武将模样的人走了进来。他的腰杆挺得笔直，颧骨高耸，头发剪得很短。他的神情虽然严肃，目光却很温柔。

他站在那里，凝视着站在火炉旁的阿思拉和齐基萨。

阿思拉紧张得不敢呼吸，心里忖度：这就是伊翰殿下，妈妈爱过的人？

伊翰受到强烈的震撼，脑海一片空白。

他在他们身上看到了托莉希亚的影子，特别是阿思拉的眼睛，和托莉希亚长得一模一样。

"太像了！"伊翰声音嘶哑地说，"和托莉希亚长得太像了！"

伊翰严肃的脸变得悲伤起来。阿思拉和齐基萨静静地看着他。

"错不了，你们和托莉希亚长得太像了！"

伊翰一步步靠近他们，注视着兄妹俩，低声说：

"我竟然能够见到延续了托莉希亚血脉的人，太开心了。"

齐基萨和阿思拉不知该怎么办，他们不知道该以什么样的态度来面对这个人，只好僵硬地站在那里，仰望着身材高大的伊翰王爷。

"你们一定很恨我吧。恨吧，因为连我也恨自己，恨自己把托莉希亚害得那么惨！"

看上去英武豪迈的伊翰，声音一直在颤抖。

"托莉希亚，"像在对死者祈祷一样，伊翰喃喃地说，"我向你发誓，一定会让这两个孩子得到幸福！"

庆典前夜

"真热闹啊！"唐达穿不惯身上的外套，别扭地掀开头巾说。

他和巴尔萨费了半天劲儿才在城外那条大街的尽头找到一个住处。这会儿，他们正走在通往吉坦城堡的吊桥上。

明天就是夏萨姆二十二日，举行建国庆典的日子。只有举行大典的这几天，人们才被允许走进吉坦城堡外墙以内的区域。

"唐达，咱们往那边走吧。"

巴尔萨杵了一下好友的肩膀，指着城墙。这道厚厚的城墙是城堡的外墙，很多人好奇地站在城墙上往城堡里看。

"好危险，这些洞是做什么用的？"

城墙上有很多细长的洞。通过洞眼，唐达看见了护城河绿色的水面。

"用来射箭或是倒沸水，你看它的角度，正对着吊桥。"

巴尔萨心不在焉地答道。

帐篷扎在前院四周，武士们手持寒光闪刃的长枪聚集在一起。各个氏族不同颜色的旗帜立在墙边，迎风飘扬。

巴尔萨感到头顶有一双眼睛看着自己，抬头一看，一只小鹰从头上飞过。

"被斯发鲁发现了。"

巴尔萨低声说。唐达目光追随着夏尔离去的方向，晃眼的阳光让他眯起眼。

"先跟他碰个面吧？"

"是啊，如果他想抓咱们，咱们就跑。"

正说着，他们就看见个子不高的斯发鲁奋力拨开人群，快步向他们走来。

"唐达！巴尔萨！"

斯发鲁走到两人身旁，神情复杂地看着他们。

"已经能走了？你的恢复速度太惊人了！"

巴尔萨脸色不太好，可双眼炯炯有神。

"得好好谢谢你的徒弟，多亏他救了我。"

"哪里。"

斯发鲁轻轻摆了摆手。他正想开口说话，前院传来动物凄厉的嚎叫声。

一大群猪和羊被赶进牲口圈，惨叫声此起彼伏。

"那是怎么回事？"

唐达惊讶地问。斯发鲁耸耸肩膀。

"那是庆典上用来祭祀神的猪和羊，每个氏族供奉十头猪、十只羊。"

斯发鲁远远地看着它们，接着说：

"建国庆典是基朗王杀死萨达·塔鲁哈玛亚后，为了庆祝罗塔王国建立而举行的典礼。等各氏族表演完歌舞，将举行由罗塔王主持的献祭仪式，这也是整个庆典的高潮部分。

"基朗王砍下萨达·塔鲁哈玛亚首级的地方被称为'解放之地'。"

斯发鲁用手指向远处的祭城，说：

"喏，外墙内侧还有一道低矮的内墙，看见了吗？"

"嗯。"

"内墙里面的广场中央，有一个用红色石板围成的圆形区域，那里就是'解放之地'。

"明天，国王将在那里用剑砍下献祭用的霞罕（褐色羊）的脑袋，模仿当年基朗王砍下萨达·塔鲁哈玛亚首级的情形。今年约萨穆陛下不在，由伊翰王爷代替他完成这个仪式。"

斯发鲁望着祭城上方说：

"祭坛对面的山丘上有一片森林，看见了吗？那里就是'禁地之林'。"

祭坛外墙的对面是一片平坦的丘陵，上面有一片绿色的森林。在这寒冷的冬天，那里生机勃勃，一点下雪的迹象也没有。

"啊！"

唐达突然叫出声。他凝神看着那片森林，转眼间他的脸因为惊讶而变得僵硬。

"有光，河水在日光的照耀下闪闪发光。"

望着眼前梦幻般的景色，唐达念起咒语，盯着那个方向看。

随着眼前的景象越来越清晰，唐达踉跄着后退了三步。被撞到的人都生气地看着他，可他根本没有注意到他们。

唐达缓缓地抬头看向天空。

"是一棵树，一棵巨大的树。"

斯发鲁惊喜地看着唐达。

"你能看见，唐达？不愧是特洛盖伊的得意门生。我就算使用咒术，也只能看到一个模模糊糊的影子。"

巴尔萨望向两个人所说的那片森林。在她眼中，那里不过是一片普通的森林，根本没有唐达说的参天大树。

"这里是太古时代，罗塔尔巴尔都城所在的地方。相传森林里有一口圣泉，来自诺幽古的圣河就是从那里流出来的，泉水里生长着一棵高耸入云的大树。

"塔鲁哈玛亚寄居在那棵树上，萨达·塔鲁哈玛亚就是他召唤来的。那时，人们每天都要带几头猪、几只羊到现在的祭坛附近，献给塔鲁哈玛亚。

"传说塔鲁哈玛亚的声音能传到很远的地方。

"从前，大树下有一座雄伟的石头宫殿。可几乎没有人能看见那棵树和那座宫殿。"

巴尔萨注意到一个与他们谈论的话题无关的问题，问道：

"森林脚下有炊烟，有人住在禁地附近吗？"

斯发鲁转过头看着巴尔萨，说：

"现在，那里扎了很多帐篷。"

巴尔萨看着袅袅升起的白烟，问道：

"阿思拉她们在那儿？"

唐达看着斯发鲁问：

"你和西哈娜谈了吗？"

斯发鲁耸耸肩。

"谈过了，了解了她的计划。昨天夜里，我和伊翰殿下也谈过了。"

斯发鲁深深叹了口气，望着升起的白烟继续说道：

"伊翰殿下说他不会把阿思拉当作威胁南部大领主的武器。殿下说一不二，他既然这么说了，就一定会这么做。"

斯发鲁用手肘支着城墙，看着那些聚集在前院的人，说道：

"殿下已经见过齐基萨和阿思拉，他要和约萨穆陛下商量之后，再决定怎么安置兄妹俩。不过他说了，会把他们俩的幸福放在第一位。"

斯发鲁转身看着巴尔萨，说：

"伊翰殿下是个有情有义的人，他是真心希望兄妹俩能过得幸福的。

"这下，西哈娜也不敢轻举妄动了，否则稍有不慎就会引起伊翰殿下的反感。"

巴尔萨和唐达一言不发地看着斯发鲁。

"你的意思是这件事就到此为止了？"

唐达喃喃地问。斯发鲁耸了耸肩。

"嗯，我想是的。虽然要和约萨穆陛下商量以后才能决定怎么安置阿思拉，可有了伊翰殿下的英明决断，西哈娜的阴谋是不可能得逞的。"

"西哈娜在哪里？"巴尔萨问斯发鲁。

"城堡里有专门给卡夏鲁准备的房间，她在里面。"

"被抓起来了？"

斯发鲁眉头皱了起来。

"派人监视她了。"眼看巴尔萨和唐达陷入沉默，斯发鲁为自己辩解似的说，"伊翰殿下说，一定要小心谨慎地处理西哈娜的问题。虽说她做的事对卡夏鲁来说是不可饶恕的罪过，不过她也是为王室好才这么做的。庆典结束后，我们会召开长老会议决定怎么处置她。这恐怕要花很长时间。"

斯发鲁又叹了口气。

"伊翰殿下拒绝了她的提议，她也就无计可施了。我想应该没什么可担心的了。不过，那些聚集在庭院里的男人，一个个摩拳擦掌的，似乎都期待明天会发生点什么。"

注视着前院的斯发鲁一脸疲惫。

巴尔萨说：

"斯发鲁，比起朋友，敌人有时更了解一个人，因为性命攸关的时刻更能看出一个人的人品。

"我想西哈娜不会停手。西哈娜这种人，如果有人不按她的计划行事，她会想方设法促使对方那么做，不管用多么卑鄙的手段。"

斯发鲁的眼神突然暗了下去。唐达知道其实他心里和巴尔萨想的一样。

空中传来挥动翅膀的声音。斯发鲁伸出手，让夏尔停在他手上，语气沉重地说：

"在明天的庆典结束前，我和夏尔都会盯着西哈娜。"

明天就是举行庆典的日子，阿思拉和齐基萨像从前一样，并排睡在一张床上，久久无法成眠。

"阿思拉，"齐基萨小声地说，"我放心了。"

"放心什么？"

"那个人……伊翰殿下不是对你说了吗？你不用变成萨达·塔鲁哈玛亚，不用为了他变成残酷的神。"

一时间，阿思拉没有说话。除了远处偶尔传来的说话声，四周静悄悄的。

"哥哥，你和他，还有巴尔萨都说塔鲁哈玛亚神是残酷的神。"阿思拉低声说。

"嗯，昨天我不是告诉你了吗？妈妈为什么会固执地认为塔鲁哈玛亚是伟大的神。"齐基萨小声说。

阿思拉打断他的话："我不是想说那件事。"

阿思拉的表情有些扭曲。

"哥哥，你有没有想过，如果我不是察玛巫，我们根本不可能像现在这样躺在这里聊天？被狼群袭击的时候，被人贩子拐卖的时候，如果不是塔鲁哈玛亚神救了我们，我们早就死了。连我们的命都是塔鲁哈玛亚神给的，不是吗？"

齐基萨不知道该怎么回答妹妹，只好盯着帐篷看。

阿思拉转过身，面向哥哥，说道：

"说起残酷，人不是更残酷吗？那些在辛塔旦牢城笑着看妈妈被处死的人，那些想把我们卖了赚钱的人，不是更残酷吗？"

阿思拉低声耳语：

"我们难道不能祈求神把好人从坏人手里救出来吗？

"如果我遇上只有召唤塔鲁哈玛亚神才能救人的情况，我该怎么办？如果眼睁睁地看着一个人被杀，和杀人犯有什么不同？"

齐基萨转过身看着妹妹。阿思拉的眼睛里盛满了痛苦。

妹妹身上的担子太重了。拼命想要挑起这个重担的妹妹，太可怜了。

阿思拉说得没有错。

世上的确有很多残酷的人。如果有能力，路见不平，拔刀相助并没有错。

可是……

"阿思拉，那太难了。"齐基萨从牙缝里挤出这句话，"像神一样拥有想杀谁就杀谁的力量，对任何一个心地善良的人来说都是负担。你不可能用这种力量让别人获得幸福。"

哥哥悲伤的眼神，和巴尔萨悲伤的眼神重叠在了一起。

"我不认为变成一个草菅人命的神是件幸福的事，也不认为那样的神能给世人带来幸福。"

耳边回荡着巴尔萨低沉的声音。

"阿思拉，请你千万不要变成那样的神。你杀死那些狼的时候，太可怕了。"

阿思拉用双手遮住脸。

心底裂开了一条缝，露出了某些东西。那是阿思拉一直不愿意直视的东西。

塔鲁哈玛亚是神圣的神，变成萨达·塔鲁哈玛亚是至高无上的荣耀。真的是这样吗？阿思拉突然不再像从前那样对妈妈的话深信不疑。

自己今后该怎么办？阿思拉觉得前途一片黑暗。

与此同时，另一个身负重任的女人也在黑暗之中思索着。

她在心里琢磨着西哈娜的指示。

西哈娜事先给她下了指令，告诉她如果伊翰王爷拒绝借助塔鲁哈玛亚的力量，她该做些什么。

在斯发鲁到达吉坦前，西哈娜已经让跟随她的塔鲁人和几个卡夏鲁逃走了。剩下卡发姆等几个带头的卡夏鲁和自己，老老实实待在房间里让人监视。

斯发鲁不知道的是，负责监视西哈娜的卡夏鲁里也有她的人。

西哈娜早就预料到事情会发展到这一步，所以事先在父亲身边也安插了自己人。西哈娜太有先见之明了，甚至让伊亚努觉得有些毛骨悚然。

西哈娜太厉害了！所有的事情都朝着她预测的方向发展，明天肯定也会像她说的那样顺利的。伊亚努心想。

这个季节夜里本来还很冷，可由于圣河流经这里，和其他地方相比，这里的夜晚有了早春的感觉。

伊亚努背对着篝火，抬头望着闪着微光的"禁地之林"。

感谢上天赐予自己看见这道光的天赋，感谢上天让她在有生之年得以遇见"圣子"。

伊亚努憎恨像宰羊一样杀死了父母的罗塔人。为了替父母报仇，为了创造一个塔鲁人不用再对罗塔人卑躬屈膝的世界，伊亚努不惜牺牲生命。

伊亚努自言自语地说：

"西哈娜，我从不后悔跟随你。你放心吧，明天我一定会吹响号角，让萨达·塔鲁哈玛亚从沉睡中醒来！"

建国庆典上的陷阱

夏萨姆二十二日到来。

拂晓时分下了一场小雪。天亮后，雪停了，天空阴沉沉的。

庆典从中午开始，巴尔萨和唐达提前离开客栈，往祭坛走去。街上的人比昨天更多，为了看一眼庆典仪式，人们蜂拥而至。

巴尔萨和唐达爬上祭坛的外墙，往距离"禁地之林"更近的那侧走去。他们穿着罗塔商人常穿的带帽子的外套，用修玛遮着脸。

巴尔萨没想好该怎么办，可她心里不祥的预感越来越强烈。

走到靠近禁地的地方后，两人往下望去。下面只有五个空荡荡的帐篷，一个人影也没有。

"阿思拉她们现在不在帐篷里。"

巴尔萨小声对唐达说。

"也看不见塔鲁人和卡夏鲁的身影。"

唐达说。

突然，巴尔萨在"禁地之林"中发现了一个人影，又一个人影……有好几个人藏在森林里。

"他们藏在'禁地之林'里，监视着这里。你别那么直勾勾地往那边看，会被他们发现的。"巴尔萨对唐达说。

唐达缩了缩脖子，往内城的广场看去。广场四周摆放着一圈座位，座位上铺着金色和红色的毛线织成的毯子，大领主和氏族族长们坐在上面。

在"禁地之林"对面，有一排摆放得更高的座位，是给王族成员坐的。

"如果弓箭手技术够好，从这里就可以瞄准他们。"

唐达嘟囔了一句。巴尔萨苦笑着说：

"你看看那边和那边。"

巴尔萨指了指南门和北门的尖塔，上面站着许多手持弓箭的士兵。

"原来如此。这一点他们也想到了。"唐达明白了。

响亮的号角声响起。同时，四座尖塔上传出钟声。

人们顿时安静下来，看向祭坛的入口处。

率先进入众人视野的是手持王族旗帜的士兵，接下来是一个高大的男子，他的出现引发了一阵欢呼声。

伊翰一边挥手向百姓致意，一边稳步走到王族的席位上坐下。

接下来，他的妻子、儿子和女儿坐到他身边。天空中烟花齐放，宣告庆典正式开始。

来自罗塔全国各地、各氏族最优秀的艺人献上了精彩的歌舞表演。为了营造庆典的氛围，歌舞表演的主题都是关于基朗王如何把罗塔人民从萨达·塔鲁哈玛亚的暴政中解救出来的。

没过多久，巴尔萨和唐达就看腻了。

"因为这里没有塔鲁人。"

唐达自言自语道。

巴尔萨几乎没有认真看表演，她一直在细心观察四周的守卫情况，看看哪里有弓箭手，哪里有持长枪的士兵。

遗憾的是，她始终没有发现阿思拉等人的踪迹。

"什么？你说西哈娜他们不在屋里？！"

斯发鲁惊呆了。这个消息在歌舞表演进行到最高潮时才传到斯发鲁耳中。

"快去找！先从阿思拉她们的帐篷开始搜。"

不过，当斯发鲁一群人赶到帐篷那儿的时候，里面早已空无一人。别说阿思拉，就连负责守卫的士兵都没了踪影。

不久，斯发鲁等人发现了昏倒在城墙角落里的士兵，他们都中了催眠术。

斯发鲁全身涌动着一股强烈的不安。

"快去找！不管怎么样先去找。我负责从天上找，你们去地下通道里找！"

斯发鲁大声下令，随后马上让马罗鹰夏尔飞上天空。

要想在不扰乱庆典的前提下搜寻西哈娜等人，只能依靠心腹。人手太少了，更何况地下通道还有很多岔路口。

斯发鲁心急如焚。

此时，阿思拉和齐基萨正躲在一个巴尔萨和夏尔都找不到的地方——内墙下方的地下通道里。

"这里可是特别观众席，躲在这里看不会被任何人发现。"

西哈娜的声音在幽暗狭窄的通道里引起一阵回音。透过内墙上的石头缝，他们能清楚地看见广场上发生的一切。

阿思拉和齐基萨本来待在帐篷里，只能听见歌舞的声音。刚才，西哈娜过来对他们说：

"伊翰殿下让我带你们到一个不会被任何人发现的地方观看表演。"

她还说祭坛周围有几条只有卡夏鲁知道的秘密通道。阿思拉和齐基萨跟着西哈娜，穿过禁地之林附近的斜坡，沿着通往祭坛内部的地下通道，来到了这里。

通往这里的地下通道没有岔路，他们很快就走到了。通道里挖了很多用于采光的洞口，所以待在里面并没有那么可怕。

在这里能够清楚地听见歌声，看见舞蹈和戏剧表演。刚开始，齐基萨和阿思拉看得兴致勃勃，不时交头接耳，一会儿说"这个真漂亮"，一会儿又说"那个人的衣服真有意思"。

可当他们逐渐看明白歌舞表演的内容后，便绷着脸不再说话。

这些表演明摆着就是在贬低、嘲笑塔鲁人。两人越看越生气。

"太过分了！"

阿思拉说完，齐基萨点点头说：

"原来建国庆典是这样的！"

西哈娜拍拍齐基萨的肩膀，低声说：

"罗塔人年复一年举行这样的庆典，就是为了让后人记住身为罗塔后裔是多么光荣，记住对萨达·塔鲁哈玛亚的仇恨。他们才不管塔鲁人因此感到多么痛苦，更没有意识到自己干的是一件多么丑陋的事。

"换一个角度，拉开距离，明明很轻易就能看清这一点。"

不久，歌舞表演结束，广场上安静得出奇。突然，不知从哪里传出一阵嚎叫声，吓得阿思拉跳了起来。

"没事，是他们把献祭用的猪牵出来了。你看，那里不是有一群猪和羊吗？"

各个氏族的年轻人高声说："谨献上我氏族最强壮之家畜，供祭祀之用。"

伊翰朗声对各氏族表示感谢。接着，他手持闪着寒光的利剑，走到广场中央，站在用于祭祀的那只洁白的羊面前。

"众神之母阿法鲁！创造天地万物的神！赐福于神界和人界的神！罗塔人诚挚地献上祭品，感谢您的恩典。

"请保佑罗塔王国世世代代繁荣昌盛！"

伊翰举起手中的剑，用力一挥。阿思拉吓得闭上眼。羊瞬间殒命，来不及发出一声哀嚎。

伊翰高超的武艺赢得了一阵雷鸣般的掌声。

年轻的随从又牵出一只肥硕的霞罕，拉到伊翰面前。

"众神之母阿法鲁！赐福于神界和人界的神！吾等祖先得到您的允许，消灭了视您的逆子为神的愚蠢之人。

"吾等祈求，不再让您那残酷的逆子降临人间，在此……"

就在这时，一个女人出声打断了伊翰的话。她的声音响彻整个广场。

"塔鲁哈玛亚神不是恶魔！"

伊翰震惊地转过身，寻找声音的主人。

一个纤细的身影从人群中走出来，掀开头巾。

"伊亚努！"

阿思拉用手捂住嘴，吓得面无血色。

伊亚努紧张得一脸苍白，不过她的目光炯炯有神，后背挺得笔直，大声说道：

"塔鲁哈玛亚是伟大的神！圣水从洁白的神山之巅流向这片土地。罗塔人，听好了！这些流向河流和海洋的水滋养了你们的森林和大地。

"聪明的塔鲁少女出现了！这个少女将变成萨达·塔鲁哈玛亚，带领我们统治世界。"

伊亚努看向阿思拉，透过城墙的石头缝隙直勾勾地看着她。

伊亚努声嘶力竭的呼喊回荡在阿思拉耳边。

"啊！萨达·塔鲁哈玛亚！被神眷顾的少女！请您把我们塔鲁人从痛苦的深渊里解救出来！

"我们已经卑躬屈膝地活着，可罗塔人还是残忍地践踏我们，请您惩罚他们！

"如同在辛塔旦牢城惩罚那些恶人一样，请您惩罚那些践踏我们的罗塔人吧！"

伊亚努双手伸向空中，大声呼喊。不知从哪里传来了塔鲁人的呼应声：

"萨达·塔鲁哈玛亚！被神眷顾的少女！请您把我们塔鲁人从痛苦的深渊里解救出来吧！

"我们已经卑躬屈膝地活着，可罗塔人还是残忍地践踏我们，请您惩罚他们！

"如同在辛塔旦牢城惩罚那些恶人一样，请您惩罚那些践踏我们的罗塔人吧！"

阿思拉全身颤抖得如同风中的落叶。她突然从伊亚努的眼中看到了妈妈的影子。

人群骚动起来，像被捅了的马蜂窝一样。士兵冲出来抓住伊亚努，使劲打了她几个耳光。

眼见伊亚努瘫倒在地，阿思拉不禁呜咽起来。

"安静！安静！"

伊翰举起手中的剑，用力敲打身旁士兵手里的盾牌。

人群渐渐安静下来。伊翰命令士兵把伊亚努关进牢房。

人群中有人高喊：

"伊翰殿下！今天的庆典是为了庆祝罗塔人民从萨达·塔鲁哈玛

亚的暴政中解放出来，竟然有人捣乱，祈求萨达·塔鲁哈玛亚复活，诅咒罗塔王国覆灭。您打算怎么处置她？"

这番话使得人群再次骚动起来。

南部的大领主们纷纷站起来。

"正是如此。伊翰殿下，您打算怎么处置她？怎么处置那些支持她的塔鲁人？"

阿曼大声叫嚷，脸上的肥肉随之抖动。他继续说道：

"如果任凭建国庆典被诅咒，不知道会有什么样的灾难降临！伊翰殿下，请您立刻下令，清洁这个地方！"

赞同声此起彼伏。

"清洁被萨达·塔鲁哈玛亚玷污的地方，让罗塔王国获得新生是王族的使命！应该立即处死这个女人，让她代替霞罕成为祭品！"

嘈杂、兴奋的声音交织在一起，广场上乱哄哄的。

阿思拉握紧双手，意识到伊亚努可能会被处死！

"等等，阿曼！"伊翰沉着地说，"未经审判就剥夺一个人的性命才是有辱神灵的暴行！罗塔王族不是杀人犯！"

阿曼语带嘲讽地说：

"伊翰殿下！我们知道您为什么一直包庇塔鲁人。"

伊翰的脸"唰"地变得通红，怒叱道：

"阿曼，你愚弄我！"

"我没有，我说的是实话！您特意挖开在辛塔旦牢城被处死的女人的墓，检查了她的尸体！"

众人一片哗然。

"就像刚才那个女人说的，那个塔鲁女人就是把嗜血的恶魔塔鲁哈玛亚召唤来的人！您不会以为我们不知道吧？

"我们还知道您为什么对那个塔鲁女人那么感兴趣，甚至要挖开她的坟墓检查！"

人声鼎沸，如同波浪，一浪高过一浪。

北部氏族的年轻人腾地站起来怒喝道：

"别上当！大家别上当！这是南部那些家伙的陷阱，为了污蔑伊翰殿下，无耻地设下的陷阱！"

北部的武士"唰"地站起来。南部的武士一脚踹开椅子站了起来。

"冷静！罗塔的武士们，冷静！"伊翰声嘶力竭地大喊，"你们想让庆典被人血玷污吗？冷静！"

双方对峙着，谁也不肯让步。刚才大呼"这是南部设的陷阱"的那个年轻人，冲着伊翰大声说：

"伊翰殿下，请您下令处死那个塔鲁女人！证明您不会因为个人感情而背叛臣民！告诉在场的人，您不是一个愚蠢的人，不会因个人感情而危及国家社稷！"

那一刻，阿思拉看见伊翰的脸有些扭曲，背上一阵发凉。

伊亚努会被处死！阿思拉心想。

看见罗塔人叫嚣着处死伊亚努的嘴脸，恐惧顿时化为怒火。

突然，阿思拉拔腿往外跑去。

封印塔鲁哈玛亚

"阿思拉！"

齐基萨追了出去，西哈娜紧跟着也追了出去。

在昏暗的通道里，阿思拉拼命往前跑，心里只有一个念头：一定要在伊亚努被处死前赶到"禁地之林"。

阿思拉的速度快得惊人，齐基萨怎么也追不上她，眼看着她的身影消失在出口处。

齐基萨快要跑出地道时，突然有人伸手紧紧抓住了他。

"放开我！妹妹！"

身为卡夏鲁的男人摇摇头，用力握住齐基萨的手腕。站在一旁的塔鲁人阴沉地说：

"就算你是她哥哥，我们也不会让你妨碍察玛巫变成萨达·塔鲁哈玛亚！"

齐基萨整张脸都白了。他挣扎着抬头望着西哈娜。西哈娜嘴角含着一丝微笑。

"这一切都是你们策划的！为了让阿思拉变成萨达·塔鲁哈

玛亚！"

齐基萨正要开口喊阿思拉，西哈娜用手堵住了他的嘴。

齐基萨张嘴想咬西哈娜的手，肚子被一旁的卡夏鲁狠狠打了一拳。齐基萨疼得喘不上气，呻吟起来。

阿思拉！齐基萨在心里大叫。

阿思拉完全不知道身后发生了什么事，拼命往斜坡上跑，一心想着：一定要在伊亚努被杀之前……

阿思拉对自己说：不要害怕！不要犹豫！一犹豫，伊亚努就会被杀死！

柔和、温暖的泉水从脚边流过。阿思拉一脚踏进闪光的泉水里。

瞬间，泉水流经身体各个部位，全身变得轻飘飘的。

阿思拉靠近参天的圣树，毫不犹豫地往上爬去。

一股力量从手和脚渗入体内。匹克芽的香气浓郁得有些刺鼻。脖子上的槲寄生环不知什么时候开始发光，散发出一股比匹克芽的香味更刺鼻的血腥味。

四周的景色不断变幻，宫殿的废墟清晰地浮现在眼前。

很快，她爬到一个树洞旁。树洞看起来像一把很舒服的椅子，阿思拉爬进去坐了下来。

树干里有哗啦啦的水流声，就像血液在人的身体中循环一样。这棵树不断吮吸着从诺幽古流来的泉水。

"这棵树和这条河一样……"

脑海中刚出现这样的想法，阿思拉的身体也变成了树的一部分，被水包围着，与河流融为了一体。

神奇的是，远处的祭坛里的声音，她竟然听得一清二楚！

就像空气能传播声音一样，这些发光的水也能传播声音吧。

许多人叫嚣着"杀死那个想要召唤恐怖之神的塔鲁女人"！

"你们才恐怖！"阿思拉喃喃地说，"竟然一心盼着别人死，看看你们丑陋的表情就知道谁更残酷了！"

刹那间，令人不可思议的事发生了。

广场上鼎沸的人声突然消失，人们瞬间安静下来，惊慌地四下张望。

他们听见了我的声音，阿思拉心想。

阿思拉笑了，就像消灭狼群时那样，好像有什么要从胸口冲出去。

她深吸一口气，大声呼喊：

"罗塔人，听着！你们的心灵是丑陋的，总是盼着他人死去。

"你们从来不体谅塔鲁人的悲伤和痛苦，总是随心所欲地践踏我们。

"你们一直高呼杀死塔鲁人。罗塔人，我要让你们也尝尝塔鲁人经历过的痛苦和恐惧！"

有什么东西从泉水底部旋转着爬上树干，钻入阿思拉的身体里。

槲寄生环闪闪发光，塔鲁哈玛亚张牙舞爪地飞出来，在空中滑行。

阿思拉一分为二。

一个坐在树洞里，另一个化身为塔鲁哈玛亚在空中飞翔。

塔鲁哈玛亚以惊人的速度，削掉了外墙和内墙的石壁，转眼间出现在广场上。石头的粉末像云雾一样四处飘洒。

塔鲁哈玛亚拖着一条长长的、闪光的尾巴从被吓傻的人群中滑过。

一阵发光的风吹过。城墙轰然倒塌，炽热的粉末撒向人群。

阿思拉不停地笑着。看着眼前这些惊慌、害怕、战栗、号哭着的罗塔人，不停地笑着。

塔鲁哈玛亚想喝血了。被伊翰宰杀的羊散发出来的血腥味，让阿思拉觉得口渴。

阿思拉身体所在的那棵树开始发光，生长在两个世界交界处的匹克芽也闪闪发光。

几乎同时，阿思拉脖子上的槲寄生环也发起光来。

"在那儿！"

唐达拍拍巴尔萨的肩膀，大声说。

"在那棵树上。看见了吗？"

巴尔萨眯起眼睛，盯着森林看，怎么也找不到阿思拉的身影。

"不是那儿！再往上看！"

巴尔萨抬头，看见了一个令人难以置信的画面。

阿思拉飘浮在空中，被一圈淡淡的红光包围着。

阿思拉的笑声像波浪一样往外扩散，四周的空气为之震动。

这和她虐杀狼群时发出的笑声一样。听着那令人毛骨悚然的笑声，巴尔萨不禁咬紧了下唇。

发光的獠牙在广场上方飞舞，一次又一次从牲畜的尸体上滑过，似乎在品尝美味的鲜血。

巴尔萨意识到她迟早会冲向人群。

凌驾于所有人之上的强大力量，随心所欲使用暴力的快感……阿思拉沉迷其中。这样下去，她一定会把在场的罗塔人都杀死！

巴尔萨突然拔腿往外跑。

"巴尔萨！"唐达大叫一声。

巴尔萨脱下外套，扔在地上，跳下外墙。

唐达把头巾一掀，外套一脱，闭上眼睛，跟在她身后跳了下去。触地的瞬间，唐达感觉身体从头到脚都麻了。

唐达拖着腿往前追的时候，巴尔萨已经穿过无人的帐篷，跑上斜坡。

正当阿思拉沉浸在杀戮中时，心灵深处出现了一个拼命阻止她的声音。

"不能杀人。"

为什么？

"不能杀人！"

她的身体里有两个灵魂，一个开心地"欣赏"着人群发出的哀鸣，另一个觉得这样的情景很恐怖。

心里有一个人在挣扎，告诉她"快想起来"。

这个讨厌的声音想把她从美梦中唤醒。

"想喝血。"

塔鲁哈玛亚和槲寄生环都觉得口渴难忍。强烈的欲望和随心所欲使用暴力的快感叠加在一起。

"她"在人群之中滑过，眼前突然出现了伊翰的脸。

看见满头大汗凝视着自己的伊翰，阿思拉没有任何感觉。武士们手中的长枪、剑，在她眼里不过是细小、柔软的麦秆；人，在她眼里不过是装满鲜血的口袋。

"不要杀人！"

有人在心底哭泣。哭泣着、挣扎着，拼命阻止自己。

"我不想做那样的事！"

然而，鲜血的味道、能够尽情发泄心中怨恨的诱惑，它们的吸引力实在太大了。

巴尔萨看见有几个人在树荫下纠缠。三个人正试图制伏一个挣扎的男孩。

"齐基萨！"

巴尔萨大叫着飞奔过去。

还未出鞘的长枪左右一扫，击中两个男人的腹部，两人顿时昏了过去。娇小的女人往后一跳，躲过一击。

"弓箭手！"

举手大叫的女人是西哈娜！刚意识到这一点，一支箭就朝巴尔萨呼啸而来。

巴尔萨刚打落这支箭，另一支箭又紧接着向她飞来。

巴尔萨转头，看见背后有个手持弓箭的卡夏鲁。她迅速转身，掷出长枪，弓弦应声而断，枪头插入男人身后的树干中。

耳边掠过一阵热风。巴尔萨跳起来，躲过一击。

西哈娜手里拿着一把短剑，冷笑着，以惊人的速度冲向巴尔萨。短剑从巴尔萨腹部划过，伤口一阵发热。

西哈娜是个使短剑的高手。短剑幻化成一道道白光，巴尔萨稍有不慎就有可能被削掉一块皮。赤手空拳很难打赢她。

西哈娜虽然处于上风，也丝毫不敢掉以轻心，冷静地不断向巴尔萨发动进攻。

"巴尔萨！"

唐达的声音传来。

"别管我，快去救齐基萨！"

巴尔萨大吼一声。一分神，她的脸颊就被短刀划破，鲜血直流。

"把齐基萨带到阿思拉那儿去！"

巴尔萨冒着被短刀割伤的危险，用左手冲西哈娜眼眶打去。

西哈娜上半身往后仰，巴尔萨趁势一脚把短剑踢飞。

西哈娜蹲下身，踢中巴尔萨的小腿。

巴尔萨摔倒在地。她不顾刚缝合的伤口裂开的剧痛，一跃而起，伸腿扫向西哈娜的膝盖。

西哈娜的膝盖被踢中，啪地摔倒在地。巴尔萨蹿到西哈娜跟前，两手抓起她扔了出去。

巴尔萨正抬脚踹向西哈娜。突然西哈娜手一动，什么东西飞到巴尔萨眼前。巴尔萨勉强躲过这一击，看清那是一把精巧的短刀。

巴尔萨往后一跳，停止攻击，和站起身的西哈娜对峙。

"齐基萨，你没事吧？"

齐基萨在唐达的搀扶下站起来，手捂着肚子。他哭着对唐达说：

"快去阻止阿思拉！"

唐达点点头，搀着齐基萨往前跑。

埋伏在森林里的塔鲁人和卡夏鲁全都跑了出来，把两人团团围住。

唐达用脚摩擦地面，从脚边拔起一撮草。

特洛盖伊师父，保佑我成功！唐达在心中默念。

他把草放在掌心，一边念咒语，一边两手互搓，对着草用力吹了口气。

一根根草像针一样飞了出去，刺中男人们的手和脸。男人们哀号着，上蹿下跳。

唐达拉起齐基萨的手，跑出包围圈。第一次经历这么惊险的场面，唐达紧张得心脏怦怦直跳。他嘴里念着咒语，朝着只隐约可见轮

神之守护者·下　归去篇

廓的大树跑去。

"齐基萨，能看见这棵树吗？"

唐达喘着粗气问齐基萨。齐基萨摇摇头。

"哪有树？我没看见。"

"你往那儿看。"

齐基萨顺着唐达指的方向看去，失声惊叫：

"啊，阿思拉！"

瘦小的阿思拉飘浮在空中，被一圈淡红色的光晕包围着，发出疯狂的笑声。

"阿思拉！"齐基萨心里害怕极了。

笑声令人毛骨悚然。那的确是妹妹的声音，却是那么可怕，完全感受不到她平时的温暖。

"摸摸这里。感觉到了吗？"

在唐达的引导下，齐基萨把手放在那个什么都没有的地方。他的手心碰到了什么东西，像风一样松软。这里真的有东西，有一棵他看不见的树！

齐基萨脸色苍白地看着唐达，问道：

"我们要爬上去？"

唐达点点头。

齐基萨深吸一口气，咬紧牙关，可嘴角还是止不住地颤抖。

阿思拉已经变成了残酷的神人萨达·塔鲁哈玛亚。

就算他爬上去了，又能做些什么？和那双目露凶光的眼睛对视？

"我先爬，你跟在我后面。来，齐基萨！"

唐达把手伸到空中，开始往那棵看不见的树上爬。

齐基萨连忙跟在他后面，战战兢兢地往上爬。虽然感到有东西支撑着自己的身体，可树是"透明"的，往下看的时候很可怕。越往上爬，他越害怕。

齐基萨吓得哭出声，唐达对他说：

"加油，齐基萨！爬上去抱住阿思拉，不要让她的心被塔鲁哈玛亚吞噬！"

齐基萨一边哭，一边拼命往上爬。

笑声越来越近。可怕的笑声，让人忍不住想把耳朵堵上。

阿思拉低头，像看猎物一样盯着他们，眼中闪烁着异样的光芒。

他们像被泼了一盆冷水，全身泛起鸡皮疙瘩。

冰冷的神的气息，像锋利的刀刃一般拂过他们的脸颊。

西哈娜从怀里抽出另一把短刀，冲向巴尔萨。

巴尔萨感到背后有人向她袭来。千钧一发之际她向前一滚，躲过一击。

全身火辣辣地疼，背后的伤口裂开了，血在往下滴。

趁巴尔萨爬起来的工夫，西哈娜命令卡夏鲁：

"这里交给我，你去把齐基萨射下来！"

巴尔萨一咬牙，奋力冲向西哈娜。

西哈娜的短刀刺向巴尔萨的脖子。

巴尔萨没有躲闪，短刀划破了她的脖子。紧接着，西哈娜发出一声惨叫。巴尔萨的手指戳中了她的右眼！

西哈娜用手捂住右眼，巴尔萨瞅准时机用膝盖顶向她的胸口。

西哈娜应声倒下。巴尔萨立刻转身去追刚才那个卡夏鲁。

卡夏鲁已经拉满弦。巴尔萨扑向他的瞬间，箭"嗖"的一声划破长空，飞了出去。

唐达听见箭矢破空而来的声音，猛然回头。

齐基萨发出一声惨叫。箭，插进了他瘦弱的肩头。

"齐基萨！"

剧痛使齐基萨松开了手。

唐达伸手，好不容易抓住了齐基萨的衣服，自己也差点掉下去。

这下糟了！唐达心想。

往下坠的时候，齐基萨撞上了阿思拉的视线，她的眼神是那么冷漠。

满心的喜悦似乎被什么破坏了。

阿思拉努力想看清刚才看到的东西。

"眼睛。"

谁的眼睛？

"哥哥的。"

哥哥痛苦的眼神，拼命抬头想要看清自己的眼神。

狂躁的心冷静下来，意识慢慢回笼。如同沸腾的气泡遇到冷风，有的被吹散，有的变小。

心底传来无数个声音，眼前闪过一个个熟悉的面孔。他们都在看着自己，呼唤自己，嘴里说着什么。

哥哥的眼睛，难过的眼神。悲伤的眼神，这是谁的眼睛？

是巴尔萨。

凝视着阿思拉的目光，如同光线照进她的心底。回忆如同画卷，展现在眼前。

和哥哥在一起的回忆，和巴尔萨共度的时光，商队的伙伴们。

暴风雪之夜，开怀大笑的罗塔牧民们。

想起这些，刚才觉得甘甜的鲜血，突然变得令人作呕。

广场上四处逃窜的那些人发出的哀号声，突然变得很刺耳。

他们恐惧地看着自己。

伊翰的脸，其他人的脸，南部那个肥头大耳的领主的脸，纷纷从眼前闪过。男人们颤抖着。他们的命都捏在自己手里。

把他们脖子割断的欲望汹涌澎湃。

突然，一个想法像闪电一样击中了阿思拉。

"我现在想杀人！"

她仿佛看见了大领主眼里的"自己"。

可怕的脸，可怕的"自己"的脸。阿思拉第一次看清了塔鲁哈玛亚的脸。

巴尔萨嘶哑的声音在耳边回荡：

"阿思拉，请你千万不要变成那样的神。你杀死那些狼的时候，太可怕了。"

她看见另一个封印在记忆深处的令人战栗的情景。

东逃西窜的人群，咬断他们脖子的"自己"……

阿思拉开始尖叫，声嘶力竭地尖叫。她不停地挠自己的脖子，抓住紧紧箍住脖子的槲寄生环。

她努力拉住张牙舞爪冲向南部大领主的"自己"。

我不想杀人！阿思拉在心里呐喊。

塔鲁哈玛亚拼命挣扎，欲望被压抑让他焦躁地怒吼。

"我要杀了他们！不要拦着我！"

自己的声音如此令人厌恶。变成塔鲁哈玛亚的"自己"，不断扭动脖子，眼神闪烁着异样的光芒，邪恶地朝这边看来。

"挡我者死！"

塔鲁哈玛亚向她飞来。

他想要吞噬阿思拉的心，这样阿思拉便会彻底与塔鲁哈玛亚融为一体。

"你要变成萨达·塔鲁哈玛亚！"

"不！我不要变成萨达·塔鲁哈玛亚！"

突然，这个想法闪过阿思拉的脑海，如同阳光穿透乌云，照亮了

她的心。

"我不要变成那样的东西！"

阿思拉两手紧紧抓住槲寄生环。

"这是神通往人间的大门。如果我把塔鲁哈玛亚吞进肚子里，关上这道大门，一定能把塔鲁哈玛亚封印住！"

槲寄生环紧紧箍在脖子上，扯下来会把喉咙割裂吧。

"就算是这样……"

一张张令人怀念的面孔从眼前闪过。

闪光的獠牙向她飞来。

阿思拉浑身发抖。

她紧紧抓住槲寄生环，勇敢地与恐怖之神对视。

好恐怖！然而，在恐惧感达到顶点的瞬间，就像暴风雨突然停止了一样，四周变得透明，一切声响戛然而止。

獠牙越来越近。阿思拉瞪大眼睛，用力把塔鲁哈玛亚吞进了肚子里！

一阵剧痛传遍全身，身体好像被什么撕咬着。阿思拉用尽最后一点力气，奋力扯下槲寄生环，随即坠入一片无边的黑暗之中。

眼看阿思拉像一个熟透的柿子往下掉，唐达连忙伸手去接她。

突然，唐达全身摇晃起来。他往下一看，只见一片隐隐的绿色。脚下是树冠。

唐达两脚用力踢向树干，抱着两个孩子仰面砸向禁地之林里的

树木。

身体被无数的树枝擦过、碰撞、划破，唐达只能紧紧闭上双眼，不断祈祷快点停下。

咔嚓，一棵树接住三人下坠的身体，发出开裂的声音。

巴尔萨把弓箭手打晕，抬头从树缝间看着挂在树上的三个人。

先是齐基萨掉下来，唐达抓住他的衣服，在空中摇摇欲坠。紧接着，阿思拉突然站起来，拼命撕扯自己的脖子，然后张开双臂，把发光的獠牙吞进了肚子里。

接下来的事发生在电光石火间。三个人抱成一团，掉在巴尔萨斜前方的树上，发出巨大的声响，砸向地面。

巴尔萨奋力朝那棵树跑去。那棵树的树干太细了，承受不住三个人的重量。咔嚓一声，树干裂开，倒向一旁。

幸好旁边有一棵大树，那棵树才没有倒在地上，三人因此挂在了大树的树枝上。巴尔萨跳上那棵树，往上爬。

两棵树的树枝交缠在一起，巴尔萨爬得很费劲。在她和这些树枝缠斗的时候，另一个人爬了上来。

"巴尔萨，听见了吗？我们马上上来！"

是斯发鲁的声音。斯发鲁一边用短剑砍断树枝，一边往上爬。马库鲁站在树下。

巴尔萨和斯发鲁一起，先把齐基萨和阿思拉从树上抱下来。兄妹俩浑身是血，紧闭着双眼。巴尔萨顾不上检查他们的伤势，费了半天工夫才把唐达从嘎吱作响的树枝上弄了下来。

不说伤痕累累的巴尔萨，就连斯发鲁和马库鲁都被浑身是伤的三人染得一身是血。

躺在地上的唐达动了一下，巴尔萨想说却说不出话来。她拼命喘着粗气，跪在两个孩子身边，用手贴着他们的脖子寻找脉搏。

还有脉搏！两人的心脏都还在跳动。

巴尔萨用颤抖的手紧紧抱住奄奄一息的阿思拉，发出一阵呜咽声。

终章
在莎拉莜盛开的原野上

那年的春天来得特别早。

萨达·塔鲁哈玛亚虽然消失了，源自神的世界的那条河流依旧静静流淌在罗塔大地上。它滋润着万物，把雪地变成了一片鲜花盛开的草原。

巴尔萨在黑暗中沉睡了很久。

有时，她能看见摇曳的火光，听见人说话的声音，可下一刻又会跌回梦境。

耳边传来陌生男人的声音，这刺激了巴尔萨。她挣扎着爬出黑暗的深渊，抬起眼皮。

睁开眼，眼前的一切在晃动。她又闭上眼，调整呼吸，等待头晕目眩的感觉过去。

"她好像醒了。"

巴尔萨睁开眼，看见两个陌生的男人站在身边。

"能听见我说话吗？放心吧，已经没事了。我们是医术师。你安心地再睡一会儿吧。"

"其……他的……"

巴尔萨的舌头好像打了结，说不出话来。好在对方明白了她想问什么。

"放心，其他三个人也都活着。你睡吧。"

听见他的话，巴尔萨紧绷的神经放松下来，再次沉沉睡去。

耳边传来断断续续的说话声，把巴尔萨从睡梦中拉了出来。

睁开眼，除了炉火发出的微光外，周围一片昏暗，躺在她身边的唐达像一个黑影。

黑暗中，有一个男人背对着巴尔萨，坐在阿思拉床边的椅子上。

男人笨拙地轻抚着阿思拉的头发，低声说：

"你为什么没有杀我们？"

低沉的声音在黑暗中回荡。

巴尔萨知道了声音的主人是谁，是伊翰王爷。

与其说他在问阿思拉，不如说他在问自己。伊翰静静地说：

"你在心底很恨我们吧，把你妈妈害得那么惨。"

巴尔萨闭上眼，听伊翰说着话。

"我是真心想让你妈妈得到幸福，但我也不想让王室陷入危机。那时，我没有意识到自己是这么想的，而你们的妈妈看透了。"伊翰长叹了一口气，"托莉希亚选择离开我是对的。如果我执意娶她，王室必将陷入危机。肯定会有人在她生孩子之前杀了她，而我没有办法阻止那样的事情发生。"

伊翰陷入沉默，四周一片寂静，只有风打在帐篷上发出啪嗒啪嗒的声音。伊翰看着阿思拉胸前缠的绷带，低声说：

"槲寄生环就是戴在这里的吧？把它扯出来的时候，很疼吧？舍弃自己的生命，封印恐怖之神，这需要多大的勇气啊！"

巴尔萨睁开眼，缓缓转过头。

伊翰吃惊地回头看了巴尔萨一眼，说道：

"你醒了？"

巴尔萨吃力地说：

"阿思拉……"

伊翰神色阴郁地盯着巴尔萨说：

"她还活着，可斯发鲁说感应不到她的灵魂。"

伊翰的声音在颤抖。

"她还这么小，却做了一个这么沉重的决定。"

巴尔萨闭上眼，又陷入了无边的黑暗之中。

巴尔萨、唐达和齐基萨住在祭坛附近的帐篷里养伤，身体一点点恢复起来。

寒冷的冬天慢慢过去，春天已经不远了。

斯发鲁有时会到帐篷里来，告诉他们眼下发生的事。他说约萨穆王回朝后，从伊翰那里听说了他不在时发生的骚动，伊亚努还没有被判刑，等等。

不管什么时候，斯发鲁都皱着眉头。

斯发鲁走后，唐达说：

"他无时无刻不在想着西哈娜的事吧。"

西哈娜那天趁乱和几个同党一起逃走了。

斯发鲁派了很多人去找，却至今没有任何消息。

"嗯，对斯发鲁来说，这件事必须有个了断。他是卡夏鲁的长老，不能就这么放过西哈娜。罗塔王也不可能任煽动塔鲁人的罪魁祸首逍遥法外。

"可就算抓住西哈娜，把她处死，又有什么用，解决不了根本问题。

"就像遮着伤口的痂掉了，接下来才是关键。"

唐达一路和斯发鲁一起走来，目睹了罗塔王国隐藏的各种问题，为这个国家的未来感到忧心。

"南部的大领主和王室的关系依旧紧张。

"还有西哈娜。如果她顺利逃脱，说不定将来伊翰王爷陷入险境的时候，她又会以拯救王爷的名义再次现身。

"喂，巴尔萨。你说是不是。"

巴尔萨手里拿着一条能插短剑的皮腰带。

"也许是吧。"

过了一会儿，巴尔萨甩了一下腰带，发出"啪"的一声。她对呆坐在阿思拉身旁的齐基萨说：

"齐基萨，你过来一下。"

齐基萨抬起头，走到巴尔萨身边，巴尔萨把腰带递给他。齐基萨吃惊地说：

"这是给我的？"

"嗯。你不是让我帮你准备行装吗？"

齐基萨点了点头，还是一脸茫然的表情。

"这也是必备的行装之一。系上试试看吧。"

齐基萨从巴尔萨手中接过腰带，有些笨拙地把它系在腰间，又接过短剑，插入腰带中。

"重吗？"

巴尔萨问。齐基萨开心地摇摇头。

巴尔萨坐着，抬起头看着齐基萨。

"我不知道塔鲁的风俗，在我的故乡，佩带短剑就意味着已经长大了。"

齐基萨脸上露出灿烂的笑容。他手握剑鞘，慢慢拔出短剑。

"谢谢！太好了！"

剑刃发出银色的光芒。齐基萨入迷地盯着它看。巴尔萨对他说：

"在坎巴，父亲在把剑交给儿子的仪式上会说：'剑的重量就是生命的重量。这把剑关乎你的生死。拔剑出鞘时，就要做好把性命托付给它的准备！'"

笑容从齐基萨脸上消失，他的眼里出现了犹豫的神色，问道：

"我还没有长大到足够承担这一切，我有资格佩带这把剑吗？"

巴尔萨笑着说：

"伊翰殿下说今后要照顾你们，你不是拒绝了吗？你很坚定地告诉他，就算背着妹妹也要离开故乡，从此不再见塔鲁人。那个时候，我就想，齐基萨长大了，该给他准备一把剑了。"

想起和伊翰王爷见面时的情景，齐基萨说：

"我想把殿下给我的钱也还给他。"

"你就拿着吧。"唐达笑着说，"等你将来能挣钱了，再还钱给他也不迟。"

摸着剑柄，齐基萨想起了伊翰王爷脸上的表情，他不知道该怎么用语言来描述。

哪怕后来齐基萨想不起伊翰王爷长什么样了，可他说完"好好活下去"转身离去时的背影，却鲜明地印刻在齐基萨的记忆里。

那年的春天来得特别早。

萨达·塔鲁哈玛亚虽然消失了，源自神的世界的那条河流依旧静静流淌在罗塔大地上。它滋润着万物，把雪地变成了一片鲜花盛开的草原。

到了春天，阿思拉还是没有醒来。

把汤喂进她嘴里，她会咽下去。但她没有开口说过话，扒开她的眼皮看，眼睛没有一点光彩，净是空虚。

"不是因为灵魂离开了身体。"

唐达接触过人的灵魂，他说斯发鲁说得不对。

"灵魂在她的身体里，只是很难接近，或许是因为她想忘了自己。"

巴尔萨经常把阿思拉抱到草原上。粉红色的莎拉莜花盛开在草原

　　　　　　　　　　　　　　　　　　神之守护者·下　归去篇

上，迎风飘舞。巴尔萨就这样静静抱着阿思拉坐着，直到夜幕降临。

有一天，齐基萨也来到草原上，在巴尔萨身旁坐下。他摸着阿思拉的头发，难过地说：

"对阿思拉来说，这样可能才是最好的吧。"

他抬起头看着远处吃草的羊群，说：

"在辛塔旦牢城被阿思拉杀死的那些人，想醒也醒不过来了。杀了人的阿思拉怎么有资格醒过来呢？"

齐基萨双手抱膝，头靠在膝盖上，幽幽地说：

"所以，巴尔萨，到此为止吧……让阿思拉静静地死去吧。"

巴尔萨抱着阿思拉，背靠在大树上。

那是今年春天刚出生的小羊羔吧？它像蚂蚱一样在草原上欢快地跳来蹦去，因为活着而感到无限欢欣。

"如果现在让她死，当初我就不会出手救她。"巴尔萨伸手摸摸齐基萨的头，把他的头发拨弄得乱蓬蓬的，"齐基萨，你也应该为有一个这样的妹妹而感到自豪。"

齐基萨吃惊地抬头看着巴尔萨，说道：

"自豪？"

巴尔萨点点头。

"你不觉得阿思拉做了一件很了不起的事吗？"

齐基萨眨了眨眼。

"她是个胆小怕事的孩子，可当她掌握了可怕的神力，尝到随心所欲发泄怒气的快感之后，还是决定不再杀人，彻底把塔鲁哈玛亚封

神之守护者·下　归去篇

印在自己的身体里。如果我是她，我做不到。"

巴尔萨嘴角露出苦笑。

"如果她没有资格活下去，那我早就该死了。"

说完巴尔萨耸耸肩膀。

"但我不想让别人决定我的生死。"巴尔萨盯着齐基萨继续说，"阿思拉要不要醒由她自己决定。"

"由她自己决定？"

"唐达说了阿思拉的灵魂在她的身体里。"巴尔萨眼中闪过一丝笑意，"那家伙从不撒谎。阿思拉的灵魂肯定在她的身体里，正为了要不要醒来而挣扎。或许她和你的想法一样，认为自己不应该醒来。"

巴尔萨微笑地看着在草原上奔跑的小羊羔。

"醒来吧，阿思拉。虽然活着可能比一死了之更痛苦。"巴尔萨在阿思拉耳边喃喃地说，"也许要花上很长时间，你才会觉得选择活下去并没有错。即便如此……"

一阵风吹来，草木随风起舞。

"快看，莎拉莜花在风中摇曳。"

黑暗中，一阵花香飘来。

一道针尖般微弱的白光照进黑暗的世界。

它带来了春天的气息。那是粉色的莎拉莜花和青草的香味。

图书在版编目（CIP）数据

神之守护者.下,归去篇/（日）上桥菜穗子著；
李青译.-- 杭州：浙江人民出版社，2021.12
ISBN 978-7-213-10356-8

Ⅰ.①神… Ⅱ.①上…②李… Ⅲ.①儿童小说—长
篇小说—日本—现代 Ⅳ.① I313.84

中国版本图书馆 CIP 数据核字（2021）第 213445 号

Kami no Moribito - Kikan hen
Text copyright © 2003 by Nahoko Uehashi
Illustrations copyright © 2003 by Makiko Futaki
First published in Japan in 2003 by KAISEI-SHA Publishing Co., Ltd., Tokyo
Simplified Chinese translation rights arranged with KAISEI-SHA Publishing Co., Ltd.
through Japan Foreign-Rights Centre/Bardon-Chinese Media Agency

神之守护者·下 归去篇
SHEN ZHI SHOUHUZHE · XIA GUIQU PIAN

[日]上桥菜穗子 著 李青 译

出版发行	浙江人民出版社（杭州市体育场路 347 号 邮编 310006）	
责任编辑	祝含瑶	
责任校对	陈 春	
封面设计	易珂琳	
电脑制版	书情文化	
印 刷	河北鹏润印刷有限公司	
开 本	700 毫米 ×980 毫米 1/16	
印 张	14.75	
字 数	160 千字	
版 次	2021 年 12 月第 1 版	
印 次	2021 年 12 月第 1 次印刷	
书 号	ISBN 978-7-213-10356-8	
定 价	42.00 元	

如发现印装质量问题，影响阅读，请与市场部联系调换。
质量投诉电话：010-82069336